暇人クラブ
（百花繚乱）
ふぁいなる

～地底の太陽とビリケンさん之巻～

ながい やん

文芸社

目次

主な登場人物

僕・綾小路公友《あやのこうじきんとも》（綾《あや》・麻呂《まろ》）
「いかなる難事件でも解決する」が謳い文句の『イマジンクラブ』。だが、その実、暇を持て余し、『暇人クラブ』と呼ばれる万《よろず》相談、何でも屋の庶務・経理その他雑用を担当。貧乏公家の出。京都R大出身。ごく普通の「ひと盛りいくらのフツオ君」。サイコの幼馴染みで、恋人。

天野冴子《あまのさえこ》（サイコ）
『暇人クラブ』オーナー社長。「Kyou・Amano・Inter-Corpo」代表で資産家の天野宗一朗の一人娘。僕の幼馴染みで恋人。ハルクの従妹。京都R大出身。元癒やし系アイドル。顔良し・スタイル良し。天真爛漫だが、性格に難あり。サイコキネシスの持ち主。「猫の目サイコ」「天《あま》の邪子《じゃこ》」の異名。

アドルフ・アインシュタイン（博士《はかせ》）
ドイツ人。『暇人クラブ』リーダー兼技術担当。京都R大出身（留学生）。「世紀の錬金術師」の異名をとる天才科学者。頭脳明晰で沈着冷静。日本文化をこよなく愛する親日派。

金剛源一郎《こんごうげんいちろう》（ハルク）

『暇人クラブ』実働部隊。京都K産大出身。ぎんの一人息子。サイコの従兄。哲学君と大学同期。勧善懲悪の肉体派。身長一九一センチ、体重一〇〇キロ超えの巨漢。空手とレスリングが得意。上方演芸通。プロレスと『三国志』が大好き。「短答式のハルク」「隠れ吉本」の異名。

堺屋商太《さかいやしょうた》（商人君《あきんど》）

泉州堺の生まれ。『暇人クラブ』渉外担当・実質的経営責任者。自由都市堺の商人・堺《さかい》屋商右衛門《やしょうえもん》の末裔。天野宗一朗主宰『洛東フォーラム@21』の塾生。口八丁で無類の商売好き。「捕らぬ狸の商人君」の異名。

梅原龍太郎《うめはらりゅうたろう》（哲学君）

形式論者。『暇人クラブ』作戦参謀・記録担当。京都K産大出身（ハルクと同期）。ヘーゲル哲学を信奉。難解な哲学用語と弁証法が好み。無類のメモ魔・規則好き。「堂々巡りの哲学君」の異名。

阿弥陀池尚《あみだいけひさし》（和尚さん）
『暇人クラブ』最年長の居候。浄土真宗大谷派末寺の住職の家系。念仏三昧。無類の将棋好き。温厚な性格。類い稀な法力の持ち主だが、謎多き人。

相田敏一《あいだびんいち》（ダビンチ君）
『暇人クラブ』リーダー代行・技術担当。上方落語家・桂雲雀の弟。新進気鋭の芸術家。京都洛北芸大助手。妖怪絵と推理小説が趣味。「万能の天才」「長身の貴公子」の異名。

金剛《こんごう》ぎん（おかん）
自称『暇人クラブ』最高顧問。ハルクの母。天野宗一朗の異母姉。下座・鶴亀社中の腕利き三味線弾き。「ヒョウ柄おぎん」の異名をとる典型的な大阪のオカン。アバター「三味線おぎん」がZ世代に人気沸騰。

天野宗一朗《あまのそういちろう》（天宗《あまそう》）
サイコの父。おかんの異母弟。世界のファッションブランド「Kyou・Amano・Inter-Corpo」代表。「着物の革命児」の異名をとる業界の覇者。元カメラマン。『暇人クラブ』の良き理解者。

鷹司《たかつかさ》 馨子《かおるこ》
女子大生。旧華族・公爵家・鷹司《たかつかさ》 清花《さやか》の曾孫。知性豊かな麗人。僕の妹的存在。

達磨《だるま》福次郎《ふくじろう》（ビリケンおやじ）
串カッチェーン「福ダルマ」二代目オーナー。通天閣商店会会長。全国串カツ連合会常任理事。元全学連・ロックミュージシャン。典型的な大阪のおやじ。おかんとは昔馴染み。

青春をともにした仲間たちに捧ぐ――

prèface《プリファス》『暇人クラブ』結成前夜

　春まだ浅き京都の、桃の節句の流し雛は、平安時代から続く伝統行事。身の穢れを和紙の雛人形に託し、水に流して清める祭事だ。有名な「下鴨の流し雛」は、お内裏様とお雛様の装束に身を包んだ新婚夫婦が、「桟俵《さんだわら》」に乗せた夫婦雛を、境内を流れる御手洗川《みたらしがわ》に流して、子供の無病息災を祈る。

　流し雛の舞台、御手洗川は、みたらし団子の由来となった御手洗池に発し、奈良の小川、瀬見の小川と名を変えながら、糺《ただす》の森を抜けて、高野川《たかのがわ》へと流れ込む。一部は細流となって、門前町の古雅な商家・料亭の庭池を潤す。

　下鴨神社から糺の森を抜け、賀茂川と高野川が合流する鴨川デルタ（三角公園）の辺りは、八坂・円山、南禅寺の水路閣と並んで、大学時代の僕らの溜り場の一つだった。年始の「蹴鞠」に始まり、春の「流し雛」に「流鏑馬《やぶさめ》」「葵祭」と続いて、夏は、御手洗池に裸足を浸けて祓う土用の「御手洗祭」や「夏越《なごし》神事」など、僕らは、下鴨の祭事とともに時を過ごし、友情を育んだ。

母校・京都R大の卒業式は、他校に先駆け、例年三月三日（桃の節句）の午前に行われる。卒業式を済ませたその足で、僕とサイコ、博士の三人は、下鴨の流し雛を見物し、御手洗池に水神籤《みずみくじ》を浮かべた後、境内の茶店「さるや」で、名物の申餅《さるもち》を食べながら、仲間の到着を待った。

一足先に社会人となっていた商人君は、アルバイトの傍ら、宗一朗おじさんの私塾「洛東フォーラム@21」で会社経営の要諦を学んでいる。京都K産大に通うハルクと哲学君は、半月後に卒業式を控えているが、ハルクは、ようやく昨日、追試合格の連絡を受け、卒業が決まったありさまだ。リクルートせず暢気に卒業したR大組と違って、ほかの者は、何やかやと忙しいのか、待ち合わせ時刻が過ぎても、すぐには姿を現さなかった。

「ねぇ、博士、わたし、ずっと考えてたんやけど」

下鴨の大吉の水神籤に、背中を押されたのかもしれない。サイコは弾んだ声で、昨夜僕に了解を求めたのと同じことを博士に話した。

「みんなで、会社つくれへん？　資金は、わたし、用意するから」

事前に聞いた話では、英語の「Imagination」から採った『イマジンクラブ』という社名まで決めていて、コンセプトは、「如何なる難事件も想像力を駆使し、スピーディーかつクリエイティブに解決」する。人材派遣から各種リサーチ、探偵調査、代理交渉に紛争処理etc.……まぁ、平たく言えば、万相談《よろず》の何でも屋だった。

ちなみに、サイコは、世界のファッションブランド「Kyou・Amano・Inter-Corpo」の創設者・天野宗一朗の一人娘。資金調達には事欠かないが、起業するに当たっては、父親の援助は一切受けないと言う。彼女自身、高校時代にAmanoの新作のモデルをしたのがきっかけで、いくつかの大手企業のCFモデルに抜てき、メジャーデビューを果たした。その後、幼馴染みの僕から言わせれば、特殊詐欺のようなものだが、「癒やし系」アイドルとして名を馳せ、二年ほど荒稼ぎして、電撃引退した。だから、一介の学生身分からは懸け離れた貯蓄があって、会社の設立や当面の運転資金は、全く心配がないようだ。

起業を提案したサイコの心中はと言えば、普段の天邪鬼《あまのじゃく》な態度からは想像外のことだが、社会に巣立つに当たって、このかけがえのない仲間とともに人生を歩みたいと、純粋に思っていて、そのためなら、自らの金銭的負担など端《はな》から度外視していた。特に、ドイツ人留学生の博士の身の処し方を気にしていたようで、日本贔屓の彼は、卒業後も引き続き在留を希望していたが、如何せん官費留学のため、特別な理由と社会的地位のある引受人がないと、いったん帰国を余儀なくされる。なるほど。会社取締役の肩書と天野宗一朗の引き受けならば、領事館も納得せざるを得ないのではないか。

博士の同意を得たサイコ。意気揚々、僕の中餅も平らげ、も一つ縁起担ぎにと、追加の良縁ぜんざいを食べ始めたとき、残るメンバーが三々五々、姿を現した。

※

「『世紀の錬金術師』、博士こと、アドルフ・アインシュタイン、リーダー兼技術担当！」

澄み渡った春の夜空に、サイコの歯切れのいい声が響いた。戯れのキャッチコピーを織り交ぜながら、彼女は、決意を込め、起業する『イマジンクラブ』のメンバーを一人一人紹介した。

その後、「超合金」「短答式」のハルクこと金剛源一郎、部下なしの実行部隊長。商人君こと「勉強しまっせ！」の堺屋商太、営業責任者で渉外担当。「堂々巡り」の哲学君こと梅原龍太郎、作戦参謀兼記録担当……と続いて、

「そんで、『ひと盛りいくら』のフツオ君こと、綾小路公友、庶務・経理、その他諸々雑用係。不肖、わたくし天野冴子が、社長の重責を担います。以上六人、一致団結して、『イマジン』はじめま〜す！」

サイコは最後に、そう高らかに宣言した。

確かに不肖の社長に違いない。しかも、わざと自分だけキャッチを外して、素知らぬ顔を決め込んでいる。ちなみに、彼女は、仲間うちで、「猫の目サイコ」や「天《あま》の邪子《じゃこ》」と

渾名されていた。


都会には珍しく星の綺麗な夜だった。南の夜空に春の大三角が輝いていた。

鴨川デルタで拳を突き上げた僕たち六人の面々。全員賛同の上、『イマジンクラブ』結成の祝宴を敢行すべく、出町柳《でまちやなぎ》から今出川通《いまでがわどおり》を闊歩。東大路通《ひがしおおじどおり》と交差する百万遍の、馴染みの居酒屋に繰り込んだ。

酒豪のサイコとアルコールが苦手な僕を除き、皆、正体がなくなるほど酔っ払った。よせばいいのに、夜を徹して語り、飲み明かさんと、京大キャンパスを尻目に東大路を南下。八坂神社の階段で小休止したとき、サイコが、件のメンバー紹介と『イマジンクラブ』の立ち上げを宣言したのだった。


どこか当てがあるわけではなかったが、僕たちは、東大路から建仁寺《けんにんじ》や「六道珍皇寺《ろくどうちんのうじ》」がある松原通へと、自然に足が向いた。

名だたる観光地とは思えない、薄暗く閑散とした夜道を怪気炎を上げて、千鳥足で歩いていたとき、いつも沈着冷静な博士が、急に思い出したように上着やシャツ、ズボンのそこら中をポンポンと叩いた。

聞けば、博士。下鴨の御手洗池に浮かべた水神籤《みずみくじ》どおり、今日は厄日か、財布が見当たらないと言う。素面《しらふ》で一番後ろを歩いていた僕の目に落とし物など映らなかったから、たぶんさっきの居酒屋に置き忘れたのだろう。気を利かしたサイコが代わりに店に電話をかけたら、案の定、財布を預かっているとのことだ。

二次会は立て替えるから、明日の話にしようと皆で言ったが、免許証が入っている、店が決まったら連絡をくれと言い残し、酔いが覚めた博士は、元きた道を駆け戻っていった。

川端通まで出て、京阪三条の方へ戻る方が、あとで博士も合流しやすいと算段し、歩き始めたら、「六道珍皇寺」に至る辻の角から、網代《あじろ》笠に墨染衣を身に纏った小太りな行脚僧が現れ、擦れ違いの挨拶代わりか、軽く頭《こうべ》を下げ、手にした錫杖を一つ鳴らした。

僕らも会釈を返して、そのまま直進したら、西福寺の子育地蔵と思しき提灯の明かりに照らされ、荒れ地の奥に薄ぼんやりと廃屋らしき草庵が浮かんで見えた。

（こんな所に、家なんかあったかな?）

仲間の酔いが素面の僕にも感染したかと、笑いながら首を捻った、ちょうどその時だった。

突然、後方の東大路通の方から、救急車のサイレンがけたたましく鳴り響いた。

（まさか……）

僕たちは一瞬フリーズして、慌てて顔を見合わせると、すぐに踵を返し、東大路に向かって走り出した。すると、今し方擦れ違った行脚僧も、なぜか僕らの後を追ってきた。

prologue《ポロ グ》　芸術は爆発だ（by岡本太郎）

壱

♪　誰の耳にも聞こえない　三万サイクル　音の笛　その笛吹けば飛んでくる（エイ！）
８８２３　謎の人　８８２３　海底人……

児童合唱団が声を合わせる、昔懐かし「海底人８８２３（ハヤブサ）」の歌い出し。所々間延びして音飛びがする、明らかに劣化した音源。これが噂に聞く、子供雑誌の付録、ペラペラの「ソノシート」というやつだろう。「８８２３（ハヤブサ）」は、勧善懲悪がテレビの王道だった時代、目まぐるしい戦後の高度経済成長の中で少年期を過ごした世代には、紛れもなく憧れのヒーローだった。ちなみに、「サイクル」という耳慣れない言葉は、もちろんどこかの自転車屋さん……ではない。昔の周波数の単位、現在は国際単位「ヘルツ（Ｈｚ）」に置き換えられたものだ。

講釈はさておき、「８８２３」に続き、「月光仮面」「七色仮面」と、一九五〇年代末から六十年代初頭に放映された、往年のカブリ物ヒーローたちが、テーマソングに乗って、次々と舞台袖からシャシャリ出て、見よう見真似の阿波踊りを踊りながら、ステージ中央を取り囲むように大きな円陣を組んだ。

いよいよ真打ちの登場だ。「♪踊る阿呆に 見る阿呆……」と、正調「よしこの節」の軽快な三味の音とともに、われらが「ヒョウ柄おぎん」アバターが、マツケンを凌ぐ、超ギンギラのド派手衣装を身に纏い、刻々と色目を変えるＬＥＤの花道を伝って、ヒーローアバターたちが待ち受ける、百花繚乱の、煌びやかなステージのド真ん中へ収まった。

「チャリン、チャリ、チャリ、チャリ〜ン……！」

鳴り響く投げ銭とともに、画面下に出る仮想通貨のお捻りカウントが、見る見るうちに跳ね上がっていく。

華麗なバチ捌きと八倍速の神がかった三味の曲弾き。近頃おかんは、タイパ重視のＺ世代に「三味線おぎん」の源氏名で絶大な人気を誇る。おかんが登場するメタバース（仮想空間）やＳＮＳは、圧倒的なユーザー数やフォロワー数を獲得するとともに、彼女の仮想通貨貯蓄も鰻登り。今や、おかんは、本職の下座三味線など、馬鹿らしくてやってられないほどの高額収入を得ていると言う。

いきなり、訳のわからない書き出しでごめんなさい。お久しぶりです。僕、『暇人クラブ』の「麻呂」こと綾小路公友です。またまた、『暇人』メンバーが繰り広げる、変テコな物語を進行させていただきます。どうぞ、よろしくお願いします。

さて、冒頭シーン。おかんを含むわれら『暇人クラブ』のメンバーは、サイコの父、天野宗一朗が所有する「Kyou・Amano・Inter-Corpo」本社ビル一階、冷房の効いた商談ブースにいて、それぞれ自分のアバターを操り、博士が開発した任意の場所を瞬時にＶＲ空間に変換するパッケージ、名付けて「いつでもどこでもメタバース」（ん？　どっかで聞いたようなフレーズだ）の試用を兼ね、時は一九七〇年（昭和四十五年）八月二十三日、『大阪万博（EXPO'70）』の万博ホールでのライブコンサートを再現した仮想空間を体験していた。

本来、事実の再現が基本型なのだが、博士が志向するメタバースは、参加者が自由に企画・発展させられるオープン空間のため、史実では、全日本アマチュア・フォーク・シンガーズなる若者グループの、『戦争を知らない子供たち』の熱唱で大団円を迎えるライブなのだが、マニアックな「懐かしのヒーロー」好きか、あるいは、今時のＩＴオタクによるものか、どこからか参加してきたアバターたちが、いつの間にか盛り上がって、万博ホールのステージを占拠してしまったのだ。

史実どおりにはいかなかったものの、さすがは博士。自他ともに認める『世紀の錬金術師』だ。彼が創ったこの仮想『大阪万博』は、何もかも万博会場そのもの、いや、当時を凌ぐ臨場感だと、リアルタイムで知るおかんや宗一朗おじさんが絶賛する精密さだった。

「ほたら、今日はこれぐらいに、しといたるわ！」

懐かしのヒーローアバターを左右に従えつつ、得意のロック三味線を五、六曲ばかり披露して、それで気が済んだものか、サヨナラ代わりに新喜劇の一発ギャグ（ボコボコに殴られた後、あたかも自分が殴ったかのように舞台袖に消える、池乃めだか）の捨て台詞を残し、観客アバターの万雷の拍手喝采を浴びながら、飛び入りステージを後にしたおぎんアバター。現実世界へのアイロニーか、コロナ対応の大きな西陣織のマスクを外して、ヒョウ柄浴衣《ゆかた》の帯に挟んだ「鶴亀社中」の竹団扇を抜き取り、パタパタ煽ぎながら、『暇人』アバターが陣取るボックス席へと舞い戻った。

それにしても「三味線おぎん」の人気は半端じゃない。今や若者のカリスマ的存在だ。唯我独尊のサイコは別にして、僕たちミレニアム世代とさして年回りが違うわけでもないのに、今時の世代の、あの早送りとコスパ執着には、正直付いていけない。東西南北、上中下、下手すりゃ、生まれた宇宙が違うのだ。……してみると、僕らには理解が困難ながら、おかんは、本当は凄い人なのかもしれない。

世間の毀誉褒貶《きよほうへん》などどこ吹く風。おぎんアバターが颯爽と席に着いたのを機に、僕たちは、ゴーグル型を改良した博士自慢の「超軽量VRサングラス」を外し、いったん現実世界に戻って一息入れた。

様子を見計らっていたように宗一朗おじさん。自らバーテンダーよろしく、僕らが籠もる防音ブースの扉を開け、自慢の抹茶フロートを差し入れてくれた。

「おかん、めっちゃ男前《おっとこ》、カッコええやん」

手にしたサングラスのストラップを、人差し指でクルクルと回しながら、サイコは、おかんを褒め立てた。

「アイドル時代の、わたしみたいや」

ついさっき、本社ビルの併設スタジオで撮影した、天宗・秋の新作コレクションのメイクのままのサイコ。レインボーカラーのパンクヘアが一際目に付いた。

「ベンチャラ、言うな。おかん、増長しよる。あとでオレが、とばっちりくう」

ハルクがすかさず異を唱えた。きっと、ヨイショされた後のおかんに、何度も痛い目に遭ってきたに違いない。

「せやろ、せやろ」

と、図に乗るおかん。しかし、息子のハルクの言葉はちゃんと聞こえていて、

「おい、源！　今日の晩ご飯は、お前の大好きな、ゴーヤーとピーマンのチャンプルーや」

　つれなく、わが子を突き放した。

「勘弁してくれ」

　しょんぼり項垂《うなだ》れるハルク。食べ物の好き嫌いはほとんどないが、なぜかゴーヤーとピーマンは大の苦手。それに、今日か明日かと、一足早い「土用の鰻」を心待ちにしていたはずだから、余計ショックが大きかったのかもしれない。

「まぁ、姉さん、冷たいもん飲んで、気を冷まして」

　宥めに入った宗一朗おじさんが、甘味に目がない姉のぎんに、シロップをスプーン二杯も入れた抹茶フロートを差し出した。

「しゃあない、宗ちゃんの顔立てて、今日は、ゴーヤーだけにしといたるわ。せやけど、当分、鰻はないで」

　見透かしたように大口開けて、馬鹿笑いするおかん。アバターにはきちんと感染対策を施すくせに、現実世界では無防備のノーマスクだ。

　しかし、まぁ、これはおかんに限った話ではない。夏場だし、感染状況も随分落ち着いた。ワクチン接種も、定期的なＰＣＲ検査も欠かさないし、毎日顔を合わせるメンバーのことだから、誰もおかんを咎め立てしない……と言うか、そもそも僕とダビンチ君、それと、ノーメイクのときのサイコ以外は、最近、仲間の誰一人、室内でマスクなど着用していなかった。

人類の限りない未来と進歩を信じた、伝説の『大阪万博（EXPO'70）』から半世紀余の時を経て、再び大阪湾の人工島・夢洲《ゆめしま》を舞台に巡りくる『2025大阪・関西万博』。そのコンセプト「いのち輝く未来社会」へのアプローチのため、僕らは仮想『2020年ドバイ万博』会場へ飛び、和尚さんの一押し、アンドロイドと高野山僧侶の声明、UAEオーケストラがコラボするオペラ舞台を鑑賞し、ウォーターツリーや日本館、メインの寿司ネタよりサイドの味噌ラーメンが大当たりした併設の回転寿司店など、足早に駆け巡った後、一気呵成に、本丸の『大阪万博』千里会場へと仮想空間の場を移してきたのだった。

「えっ？　2025へのアプローチって？」……実は、博士が『大阪・関西万博』のプロデューサーメンバー、ダビンチ君が公式ロゴ・キャラクターの選考委員に選出され、また、宗一朗おじさんの「Kyou・Amano」が、関西を代表する民間企業としてパビリオン出展することに内定していた。

博士やダビンチ君の才能、「Kyou・Amano」の企業ブランドを考えると、『大阪・関西万博』への関与は、別段驚くべきことではない。だが、問題はその先で、事もあろうに、あのサイコが万博のアンバサダーを務めることになった。しかもメイン大使を仰せつかったのだから、一同開いた口が塞がらない。商人君なんか、「天下の天宗の、寄付金目当てやろ。ああ見えて、ヨシムラはん、ヤリ手やで」などと、穿った陰口を叩いていた。もっとも報復を怖れ、誰もサイコに面と向かって、そんな喧嘩を売るような話はしなかったが。

「宗ちゃん、憶えとる？　二人で万博行ったなぁ」

グラスの底に沈んだロックアイスを、ガリガリと口中で噛み砕きながら、おかん。それでも柄になく、しみじみと昔を偲んだ。

「憶えてるよ。小学二、三年のときやった。ぎん姉《ねえ》のセーラー服姿を、なんや、昨日のことのように思い出すなぁ」

そう応じる宗一朗おじさん。

多くは語らずとも、通じ合う姉弟の情がある。老舗の呉服商だった宗一朗おじさんの父は、当時、商売のほかにも地元商店会や町会の世話など多忙で、また、後妻の母は、病弱のため入退院を繰り返していた。その頃、別れた前妻の子であるおかんが、寂しさを抱える宗一朗おじさんを何かと気に懸け、面倒を見てくれていたと、以前サイコに聞かされたことがあった。

「遊びすぎて、遅くなって、帰りの夜道で、カツアゲにおうて……」

「せやせや、リーゼントに革ジャン着た輩《やから》が、五、六人、取り囲みよってなぁ」

「あのとき、連中を蹴散らした、『ヒョウ柄おぎん』の、立て板に水、惚れ惚れする啖呵、今でも、はっきり憶えとる」

照れ笑いのおかんを横目に、宗一朗おじさんは屈託なく笑った。

「そうなん？　おかん、そんな昔から、ブイブイ言わしとったん？」

目を輝かせ、割って入るサイコ。

「やめてぇな、んな、尾ヒレのついた話。わたいら、『清く正しく美しく』の、宝塚の世界やで、ホンマに」

ドサクサ紛れに、おかん、似ても似つかぬ宝塚歌劇まで持ち出して、

「それよか、万博の想い出やがな」

何かほかにも隠し事があるのか、慌てて万博に話を戻した。


おかんや宗一朗おじさんの話では、一九七〇年、大阪吹田《すいた》の千里丘陵で、『人類の進歩と調和』をテーマに開催された『大阪万博』は、炎天の下、二時間、三時間待ちは当たり前に長蛇の列をなした、「月の石」のアメリカ館やソユーズ宇宙船を展示した旧ソ連館。国内パビリオンでも、スマホの元祖・ワイヤレステレホンや人間洗濯機など、当時の最新技術を集めた展示物、あるいは、会場内を走る電気自動車やモノレール、自力で歩く方がよっぽど速い、動く歩道などなど、話題に事欠かなかった。ほかにもカプセルホテルや、

今では当たり前の日常風景となったファミレス、フライドチキンのファストフード店が日本初上陸を果たし、生まれて間なしの缶コーヒーが人気を博したという。

そう言えば、いつだか殊の外規則にうるさい哲学君が、

「公道を、平気で、左側通行するようになったのは、万博のせいだ」

どこの誰から仕入れた話か知らないが、事務所近くの道路で信号待ちしていたとき、苦虫を嚙み潰したような顔をして、憤慨していた。


「そういや、ぎん姉《ねえ》、夏の暑い最中、ガラス張りのステージに飛び入りして、『戦争を知らない子供たち』、アマチュアグループと一緒に、歌っとったね」

「せや、せや、舞台で喋っとった修ちゃん（北山修）と、何や目が合うてしもてなぁ……」と、弟の言葉に応じるおかん（なんや、さっきのVRとおんなじようなことしてたんかい）。

「もしかして、それ、おかんの初舞台？」

自分の抹茶フロートを全部飲み干した後、手にしたストローを僕のグラスに突き立てながら、サイコが話に食い付いた（オイオイ、断りもなしに人のを飲むな！）。

サイコに飲み物を取られ、手持ち無沙汰の僕は、ブースの窓越し、社屋から張り出した

ウッドテラスの方へ目を向けた。

例年より半月ばかり早く、梅雨が明けた途端に、都大路は、茹だるような熱暑に覆われた。目抜きの四条通から慣れ親しんだ木屋町に入れば、高瀬川の清流と川辺の桜並木が暑さを幾分か和らげてはくれる。その代わり、喧《かまびす》しい蟬時雨が、容赦なく頭上に降り注いだ。

外は、巡りくる夏の、久方ぶりに聴く祇園囃子だ。いつにも増して人通りの多い街中を人混みに揉まれながら歩くもよし。また、幕末維新好きの商人君のように四条河原町から足を延ばし、塩屋町の近江屋跡にでも立ち寄って、坂本龍馬・中岡慎太郎を偲ぶもよし。サイコはグラビア撮影のため、先にスタジオ入りしたが、ほかの仲間は各自思うがまま、相前後して馴染みの天宗ビルを訪ねた。僕は、日程的にまだ余裕はあるものの、今日は大安吉日。だから忘れぬうちにと、早めに家を出て、昨夜サイコと話し合った結果をホテルに伝え、担当者と二、三の打ち合わせを済ませてから、少し遅れて合流した。

江戸初期、鴨川分水の運河として豪商・角倉了以《すみのくらりょうい》により開削された高瀬川の辺。かつて伏見の港へ往く高瀬舟の船着きがあった四条木屋町の一角に、レトロモダンな吹き抜け五階建ての「Kyou・Amano・Inter-Corpo」本社屋、通称「天宗ビル」が建っていた。鴨の河原を背にした一部ロフト造りの建物で、世界的建築家・黒川研吾氏の設計だという。

景観条例とガイドラインによる高さ制限があるため、広い敷地に横広に設計され、南仏風の濃淡二種類のオレンジ色の煉瓦を組み合わせた外壁。紫外線をカットする薄いマリンブルーの色窓とそこに映る東山山景。そして何より、門前のガス灯と花壇に彩られた玄関アーチの中にあるウッドテラスの茶房が、色鮮やかな京紅傘を広げ、ただの洋風には染まらぬ「和の雅」を湛えていて、道行く人の目を一際惹いた。

施工主のたっての希望で、鴨川から取り水した疏水が、今僕らがいる社屋一階の展示・商談フロアを蛇行し、件のウッドテラスの直営喫茶・茶房「あまの」の厨房を出て、鹿威《ししおど》しを打たせた後、東屋《あずまや》の紅傘の下で、宗一朗おじさんが懇意の池坊総家家元が自ら活けた涼花を愛で、茶を喫する人たちに心ばかりの涼感を残しつつ、テラスの床下を巡って、高瀬川へと流れゆく。

茶房「あまの」と言えば、老舗が多い京の甘味処にあって、近頃、祇園「鍵善良房」の葛きりか、「あまの」の抹茶フロートかと言われるほど、評判になっていて、普段なら、常連やインスタ情報を頼りに訪れる観光客が、開店前から長蛇の列をなすのだが、社員思いの宗一朗おじさんらしく、三年ぶりの山鉾巡行を控えた書き入れ時の週末なのに、思い切って三連休。会社も茶房も全部閉めていたので、今日は人っ子一人見当たらなかった。

そんな臨時休業の茶房テラスを抜けた、一階フロア奥の商談ブースの一角を、僕ら『暇人クラブ』の面々が、我が物顔で占拠していたのだった。

『暇人』得意の脱線風景が、ひとしきり花を咲かせた頃合いを見て、僕は、テラスの茶房から視線を戻した。

阿吽の呼吸で、空のグラスを回収した宗一朗おじさん。多士済々だが、勝手気儘なメンバーをまとめる気苦労を察するような、そんな目配せを僕に向けながら席を立った。

「ハイ、休憩時間、終了です」

そう言って、改めてVRサングラスをかけ直す僕に、

「ソロソロ、麻呂ガ、シャシャリ出ル頃ダト思ッタ」

「嫌やなぁ、あたし、綾にだけは、仕切られたくな～い」

「言うても、こいつ、作者の手先やし」

「アリストテレス倫理学に、似て非なる、似非《えせ》『中庸』だ」

「ギャグ、一つもない」

「南無阿弥陀仏、南無阿弥陀仏……」

空になった抹茶フロートのグラスを抱え、居眠りしていたはずの和尚さんまで、口々に言いたい放題だ。

「まぁまぁ、ここは麻呂さんの言うとおり……」

唯一の味方、ダビンチ君の取りなしに背中を押されながら、僕らは、ワンステージを終

え、もう戻る気のないおかんを残して、再びメタバース『大阪万博』に入り込んだ。

日本を含む世界七十七か国が参加し、百を超えるパビリオンが軒を連ねた『大阪万博』。開催期間一八三日の入場者は延べ６４２１万人余。二〇一〇年の上海万博まで万博史上最多の動員数を誇ったという。

記録ずくめの盛況と、明るい未来を信じた日本社会が、右肩上がりの沸点に達した、そんな時代の熱量さえ、見事に再現した博士の仮想空間。僕たちは今、タイムスリップした現実の中にいるような錯覚すら覚えた。

林立する世界各国の国旗の奥、左右に腕を広げ、剥き出しの大きな鉄骨屋根の中央を突き抜けた巨大な塔が、お祭り広場に集う、色とりどりの民族衣装を纏ったアバターたちを見下ろしていた。博士自慢のバーチャル『太陽の塔』だ。

ご存じ昭和を代表するインフルエンザ……じゃなくてインフルエンサー、オカモトタローの『太陽の塔』は、夜間に両眼が光を放つ頭頂部の『黄金の顔』、正面を睥睨する『太陽の顔』、背部の『黒い顔』の三つの顔があり、それぞれ未来・現在・過去を表しているという。博士によれば、このバーチャル版も、外観はもちろん、内部の構造や展示物の細かな配置、いや、この塔に籠めた作者の情熱に至るまで忠実な再現を試みたという。

首筋を伸ばし、ほぼ垂直に仰ぎ見る『黄金の顔』。……僕らを含め、広場に屯《たむろ》したアバターの誰も彼もが、講釈抜きにこの空前絶後のカーニバルの、ただの目撃者として驚嘆の声を漏らした、ちょうどそのときだった。

耳をつんざく爆発音の後、一瞬にして舞台が暗転。辺りが暗闇に覆われるとともに、『太陽の塔』の『黄金の顔』の目が、変身した「仮面ライダー」の如く、眩い赤色のビームを放った。

「スワ！」……過激派の自爆テロか。それとも地球滅亡の前触れか。意味不明のスラングが画面上に飛び交い、お祭り広場は一瞬にして騒然となった。前後左右に、上下に斜め、果ては螺旋状にクルクル……と、空中を右往左往しながら、多国籍のアバターたちが、あちらこちらで身体をぶつけ合った。

前述したように博士のメタバースは、発展可能なオープンスタンスのため、参加者によるフレームワークの変更が可能だ。とはいえ、既設VR空間の安全を脅かすような書き換えに対しては、当然、強固なセキュリティーシステムが発動される。なのに当の博士以外に、こういとも簡単に防御ブロックを破り、想定外の変更を加えるには、よほどのハッカー技能を持つ者か、仲間の僕らでさえ知らない、複雑なセキュリティーコードを何らかの方法で入手した者がいるということか。

僕らの驚きなどどこ吹く風か、『黄金の顔』の目が発するレッドビームは、広場にいる『暇人』アバターの塊を捉え、まるでスポットライトみたいに、ピンポイントに照らし出すとともに、

「ボンジュール イマジネ メシュー（こんにちは、イマジン諸君）」

流暢なフランス語の声が上空に響いた。

「『芸術は爆発』……驚かせてすまなかった」

姿を見せぬ天空の声。今度は一転して日本語。

「君が、『世紀の錬金術師』アドルフ・ルートヴィヒ・アインシュタイン君、通称・博士。その右隣が、ハルクこと金剛源一郎君で……」

ポカンと口を開けたまま「？ 印」の疑問符を吹き出す、僕ら『暇人』アバター、一人一人を名指しながら、どこでどう調べたものか、全員の氏名、生年月日、経歴はおろか、身体的特徴や性格・趣味嗜好、挙げ句は、サイコのゆうちょ預金の残高に至るまで淀みなく言い当てた。

「実は、キミたちに、頼みがある」

ひとしきりメンバーの個人情報を並べ立てた声の主。派手な登場シーンから打って変わ

り、穏やかな口調に改まった。そして、

「申しわけないが、この光の道に、ついてきてほしい」

と言うや否や、赤色の『黄金の顔』の目が、一瞬にしてマリンブルーに変わり、『暇人』アバターの足下から『太陽の塔』の入口に向かって、一筋の光の帯を伸ばした。

万博当時、『太陽の塔』は、来訪者が空洞の内部に入り、地下から地上、そして空中展示へと繋がる階段を上って、右腕にある出入口から大屋根の回廊へ出るのが、観覧コースになっていた。

内部は、中央に『生命の樹』と呼ばれる巨大なモニュメントが据えられ、原始の生命体から人類誕生までの、生物進化を表した模型が取り付けられていた。また、閉幕後、埋められた地下には、『いのち・ひと・いのり』の三つの展示空間があって、呪術を顕す『いのり』の中心に、第四の顔と呼ばれた『地底の太陽』が鎮座していたという。

『いったい、どこへ行くのか？』

頭上に疑問符を吹き出したまま、『暇人』アバターは、天空の声に誘《いざな》われるまま、マリンブルーの光の帯を進んで『太陽の塔』の地下に入った。

少し距離を置いて、殿《しんがり》を歩くサイコアバターだけが、「？」の代わりに頭からプンプンと湯気を吐き、怒りを露わにしていた。姿を見せぬ声の主に、ゆうちょ預金の残高を一円単位まで正確に言い当てられ、しかも、そのしれっとした物言いが、余計癇に障ったに違いない。でも、それを言うなら、「短答式、全身凶器、低俗ボケの隠れヨシモト……」と、マイナス要因ばかり並べ立てられたハルクの方が、よほど堪えたに違いない。

博士のバーチャル『太陽の塔』は、もちろん、内部空間も精密に再現している。僕らは、仮想とはいえ、当時の入場者と同じ光景を見ながら、地下通路を巡り、マリンブルーの光が途絶える『いのり』空間の中央まで辿り着いた。

すると、デフォルメされた神像や土偶、仮面に傅《かしず》かれながら、「神々の森の呪術師」と畏敬された、直径約三メートル、幅約十一メートルの巨大な黄金の顔『地底の太陽』が、僕らの眼を塞ぐように、そこに燦然と輝いて……と思いきや、さにあらず。

「あらら~?!」

素っとぼけたサイコの声に合わせるように、新喜劇の暗転前のギャグよろしく、ドデッとズッコケるハルク。東京風に言えば、ドリフの幕オチのテーマ「盆回り」が流れるシチュエーション。

なんと、そこに在るべき『地底の太陽』の姿が、影も形もなかったのだ。

「博士、目につかん場所や思て、手ぇ抜いたら、あかんがな」

すかさず突っ込む商人アバター。

「あ、博士、ひょっとして、『地底の太陽』知らへんとか？」

何だか面白くなってきたと、機嫌を直し、興味津々のサイコ。その隣で、哲学アバターが、何かを探そうと、無心に手帳の備忘録を繰り始めた。

「博士に限って、そんなこと……」

ダビンチアバターが擁護する傍で、雲水姿の和尚アバターは、本尊のない仏壇に向かうが如く合掌。そして、当の博士アバターはと言えば、口をへの字に腕組みしたままだった。

確かにダビンチ君が言うように、これほど寸分違わぬ仮想空間を創っておいて、『地底の太陽』だけ手抜きするような博士ではない。

すると、一体誰だ？　犯人は……。


「せや、アイツしかおらん！」

商人アバターがそう言って、宙を見上げると、待ってましたとばかり、

「わたしの名は、TARO《タロー》」

僕らを先導したのと同じ声が、今度は、ごく普通に近くから聞こえた。

一同、思わず周りを見回すと、神像や祭祀の仮面などが幾何学的に並んだ片隅から、昔日本史の教科書で見たような「遮光器土偶」の形をした一体のアバターが、突然、僕たち

の目の前に躍り出た。

僕らの疑問を察知してか、ＴＡＲＯと名乗る土偶アバターは続けて、

「犯人は、わたしではない。わたしが来たときには、こんなメモが……」

そう言って、近くのサイコアバターに一枚のメモを手渡した。

そこには、短く「終の棲家へ」とのみ記されてあった。博士の『地底の太陽』をどこか別の場所へ移したということだろうか。しかし、誰が何のために……。

十重二十重に「？」マークの吹き出しを増やした『暇人』アバターを前に、ペコリと頭を下げる土偶のＴＡＲＯ君。一息吐いて、

「本物の『地底の太陽』を、一緒に探してほしい」

と、僕たちへの頼み事を口にした。

※

僕たちは、天宗ビルの冷房の効いた商談ブースを後にした。

通用門を出て、寸分の日蔭も失せると、京盆地特有の煮え立った釜底のような熱波が、瞬く間に全身に纏わり付いて、見る見るうちに、身体のあちこちから玉のような汗が噴き出した。

「暑すぎて、もう嫌《や》だ！」

歩き始めて、すぐさま音を上げるサイコ。

寒暖差の激しい京都の気候には、生まれてこの方十分馴染んできたはずだ。何を今さら……と言いたいところだが、コロナ禍のため、炎天下であっても、人混みではマスクを外せないのが堪えた。

先日の馨子《かおるこ》の一件がある。今、下手に反論すれば、火に油を注ぐ。天邪鬼だが、根に持たないのが救いのサイコなのに、馨子の話になると、チクチク嫌みを言う。ここで何か一言返せば、それこそ墓穴を掘ることになる。しばらくは、「触らぬ神に……」に徹するのが得策だろう。

都大路の雑踏を掻き分けて、祇園囃子の鉦太鼓《かねたいこ》が鳴り響いた。おそらく、四条通の「長刀《なぎなた》」か、烏丸の「函谷鉾《かんこぼこ》」だろう。コロナ自粛が明け、三年ぶりの「山鉾巡行」だ。祇園会《ぎおんえ》は元々疫病退散の神事なのに、疫病蔓延のために、見せ場の山鉾の中止が続いたのは皮肉な話だが、それはさておき、明日は宵山。週末だし、都大路が人混みに溢れるのは致し方がないことだ。

人混みを逃れ、阪急・烏丸へ下る階段の踊り場で、先を行く博士が振り向きざまに言った。

「コノ夏ハ、祇園会ドコロデハナサソウダナ」

週初めに、馨子から、絶えて久しい仕事の依頼があったばかりだ。下準備も済まぬうち立て続けに、今度はＴＡＲＯと名乗る謎の土偶アバターから、似たような注文。近頃、行方不明の捜索が流行なのだろうか。博士じゃないが、確かに忙しくなりそうだ。

それはいいが、問題は博士の貌付きだ。満面の喜色をわざと噛み殺したような、素っ気ない表情をして、スタスタと先に仄暗い階段を下りていった。

きっと、また、あの「チゴイネルワイゼン」がエンドレスに、しかも、今度は逃げ場のない、あの狭い事務所に響き渡るに違いない。


以心伝心か。僕は、同じ心中のハルクと二人、その場でフッと溜め息を漏らしたら、どこかで見ていたかのように、僕の胸ポケットのスマホが鳴った。

心当たりもあって、慌てて踊り場の隅に寄り、傍から見えないように画面を覆いながら、発信者をチラ見した。目敏く気付いたサイコが、

「ご遠慮なく、今日は、直帰していいよ」

猫撫で声で、舐めるように下から上へと、僕の顔を見た。そう言われると、余計このまま帰るわけにはいかなくなった。

貳

鴨川運河と逆方向に改札を出て、申しわけ程度の短い駅前通りを抜け、師団街道を渡れば、すぐ目の前に、四年間通った赤煉瓦の講義棟や研究棟が姿を現した。戦前の陸軍練兵場跡にできた京都R大の伏見学舎だ。

　大学時代、僕らは待ち合わせにスマホを使わなかった。伏見学舎は、この師団街道沿いの東門のほか、幅広い幹線道に面して、立派な正門があるのだが、大抵、僕らは、駅近の東門か、さもなくば、レアな漫画本のある駅前喫茶「会議室みどり」に屯しながら、携帯電話が普及してなかった昭和の学生と同じように、何の約束も担保もないまま、誰か仲間が来るのを待っていた。実年齢で言えば、一回りも違わないのに、「👍（イイね）・👎（ヤダね）」と、すぐ白黒付ける今の学生とは、随分違っていたようだ。

　いつも勝手口のような東門から闖入《ちんにゅう》するのも如何なものか。仲間内じゃないときぐらいはと、久しぶりに守衛が立つ正門を潜って、懐かしいキャンパスに足を踏み入れた。

　真正面に式典や礼拝に使われる顕真館の姿。一見アテネのパルテノンを彷彿させる重厚な前柱と、玄関の頭上に掲げられた巨大な絵画、平山郁夫画伯の「祇園精舎」の説法図を元にした陶板が、あの頃と変わらずに僕らを迎えてくれた。この陶板は、R大には縁も所縁もないはずの和尚さんが、一目で気に入ったものだった。

昔、都大路を走った市電の、軌道石が敷き詰められた顕真館の玄関。その石畳に腰かけながら、よくサイコや交換留学生だった博士らの講義が終わるを待ったものだ。そんなときでも、暇潰しにスマホは弄っていたが、不思議に連絡手段には使わなかった。一つには、何もしなくても、別の大学に通うハルクや哲学君を含め、不思議に自然と仲間たちが集まってきたからだ。

「おぼえてる、おにいさん?」

「なにを?」

「七年前、中三の夏休みに、おにいさんが、ここの『夏フェス』に誘ってくれた」

マスク越しの少しくぐもった声に、僕は黙って頷いた。

キャンパス中央の回廊に囲われた芝生広場。勝手知ったるもので、隣接するガラス張りのカフェの店先から引っ張り出したピクニックチェアを、広場の空いたパラソルの下に並べ、芝生に屯する学生らに混じって、二人は、食後のアイスティーを喫していた。

「時間を忘れて楽しんで……。日が暮れたら、正門から、あの祇園精舎の建物まで、万灯籠みたいに、灯りが並んでた」

伏見キャンパスは、夏・冬の休講期間、市民の憩いの場として開放されていた。毎年お盆の「夏フェスティバル」には、秋の学園祭のように有名人を招くことはないものの、模擬店や学生プロレス、軽音楽サークルのイベントなどが催され、近所の親子連れなど、結構な人出で賑わった。陽が落ちると、遊歩道の両側に淡い色のＬＥＤが仄かに点って、道行く人の足下を照らし、好評を博したものだ。

烈しい紫外線を避けるため、目深に被ったツバ広の麦藁帽子と、顔の下半分はマスクに隠され、傍らに座る人の表情は、俄《にわか》に窺えなかった。

馨子が中学を卒業してからは、時折、思い出したようにメールが届く以外、特に音信はなかった。

今でもはっきり憶えているのは、馨子がまだ小学生の頃のことだ。懇意になったハルクを経由して、おかんから円山公園音楽堂（野音）の「宵々山コンサート」のチケットを貰った。先年亡くなった人間国宝・桂米朝師がゲスト出演するから、下座を務めるおかんらも余得に与ったようだ。宗一朗おじさんの話では、「宵々山」は、かつて一世を風靡した伝説のフォークコンサートで、当時は毎年欠かさず観に行ったという。

最初は僕とハルク、サイコの三人で行く予定だったが、当日、二人とも急用ができた。一人で観るのも何だか寂しい。さりとて高学年とはいえ、小学生にフォーク音楽はどうかと思いつつ、ダメ元で馨子に声をかけたら、二つ返事でＯＫしてくれた。コンサートの帰り道、鴨川の遊歩道を歩きながら、彼女が俯き加減にポツリ、「はじめてのデート、楽しかった」と、おしゃまに呟いた。代役とわかっていながら、快く応じてくれた彼女の心中を想うと、僕は自分を恥じた。以後、彼女を誘うときは、決して誰かの代わりにはしなかった。

時として思い詰め、時として気紛れな、馨子の思春期までしか知らない僕は、ひとしきり互いの近況を口にした後、何をどう話していいのか、考えあぐね、わざとらしく周囲を見渡していた。

僕たちが座る芝生広場を挟み、先述のカフェと向かい合う恰好で、夏祭りや学園祭のイベントに使う、大型モニターを備えた屋外ステージがあって、その舞台袖に、音響機材を運び込む、四、五人の学生の姿が見えた。そう言えば、昔から催しのないときも、軽音楽や演劇サークルがここで気軽に練習していた。

「それと、今日は、『曳初め』の日でしょ。おにいさんに肩車してもらって、初めて、『長《なぎ》刀《なた》』、見た日なんだ」

「そうだっけ……?」

言われてみれば、そんな気もした。

「やっぱり、忘れてたんだ」

彼女は、スクスクと笑った。


昔馴染みの馨子が、突然僕を訪ねてきたのは週明けのことだ。夏休みの帰郷で、しばらく烏丸丸太町の実家に滞在するとのこと。僕が伏見学舎に通っていた頃、何度か誘った学生向けの大衆食堂、ボリュームが売りの通称「天こ盛り」の焼きソバを食べたいと言うので、有休を取って、馨子とキャンパス裏にあるその店を訪ねた。

毎日休暇みたいなものなのに、サイコに根掘り葉掘りと、休みの理由を訊かれた。今さら仕方がないことだが、馨子はサイコとも旧知の間柄なのに、なんとなく説明が面倒で、サイコに声をかけなかったのが間違いの元だった。


中学を卒業した後、馨子は、以前彼女の曾祖母が理事長を務めた、カソリック女学院の高等科に進学するため、単身、寄宿舎のある横浜へ転居した。高校在学中、交換留学生として一年余り、パリにある姉妹校に学び、大学では、二十世紀前半のフランス・シュールレアリスム文学を専攻していた。

僕の家（綾小路）と馨子の鷹司家とは、古くから交流があった。どちらも旧華族の家系だが、鷹司は五摂家の出で元公爵。一方の綾小路は、平安の御代に神楽・蹴鞠を生業としたと聞くが、嫡流を外れたわが家は、元子爵とは名ばかりで、糊口を凌ぐのがやっとの貧乏公家。家格が違いすぎた。それに今でこそ、子弟を大学に行かせる程度の貯えはできるようになったが、昔は懇意にしてくれた鷹司の家に、たびたびお金の無心をし、随分、経済的援助を受けていたと、成人後に母から聞かされた。

当時の僕は、そんな込み入った事情など知る由もなく、家も近かったし、馨子とは、少し年の離れた兄妹のように育った。だから、ごく自然な成り行きで、彼女が中学に上がる前後から、家庭教師の真似事をするようにもなった。

※

キャンパスを出た後、馨子が行きたいと言うので、京阪を一駅使い、伏見稲荷に参詣した。奥社へ通じる千本鳥居の途中まで上り下りし、帰路は、近鉄の踏切を越えて、鴨川運河と名を変えた琵琶湖疏水の遊歩道を、墨染発電所へ向かってブラブラ歩いた。

なんとなく大事な用件がありそうな素振りが見えたので、馨子が話を切り出すまで、僕は、黙って彼女に付き合うことにしていた。

都大路を離れた鴨川運河は、遊歩道に迫り出すように連なった古民家の軒下を流れ、近隣住民の通行のため、自転車一台がぎりぎり通れるくらいの狭い幅だが、二、三百メートルに一本、生活橋が架けられている。多くは明治・大正に架けられた粗石造りで、大学時代、サイコと河縁を歩くとき、よく暇潰しに、橋の名や架橋年月を当てっこしたものだ。

「おにいさん、ちっとも変わんない」

言葉少なに先を歩いていた馨子が、突然振り向いた。

「いっつも、わたしが話を切り出すの、黙って待ってる。おにいさんは、やっぱり、おにいさんのまんまだ」

褒め言葉か貶し言葉か探りあぐねる僕を尻目に、馨子はそう言うと、弾けるように笑い出した。女心と何とやら。お手上げとばかりに、僕は、わざと戯けて両手を広げた。

ひとしきり笑った後、馨子は、ようやく用件を切り出した。「青寿」の祝いというらしいが、数え百三歳を過ぎた馨子の曾祖母、幼い頃、僕らは、意味もわからないまま「御前様」とか、「清花御前」と呼んだ鷹司清花《さやか》媼の願いを叶え、行方知れずの「ビリケンさん」を探し出してほしいと言う。

事の発端は、今を遡ること百年以上昔の一九一二年、明治末年の話だ。一九〇三年（明治三十六年）に開催された『第五回内国勧業博覧会』（内国博とはいえ、現在の万国博に相当）天王寺会場の跡地に、パリの凱旋門の土台にエッフェル塔の胴体を載せたような、当時、東洋一の高さ八十六メートル（一説によると七十五メートル）を誇る初代通天閣が建てられ、隣接して、都市型遊園地のはしりの「ルナパーク」が開業。園内のホワイトタワー（白塔）と通天閣の間を、日本初の旅客ロープウェイ（索道飛行船）で結んで、空中遊泳の趣向を凝らし、また、園内には、最新アトラクションのサークリングウェーブ（今の絶叫マシーン）をはじめ、瀑布渓流、ローラースケート、動物舎、演芸・演舞場、活動写真館、音楽堂、円形大浴場、サウナ、温水プールのほか、翌年には、園外の、今の「ジャンジャン横丁」沿いに、劇場、理髪室、米国式軽便食堂（なんと古き良き時代の呼び名）を併設した「噴泉浴場（ラヂューム温泉）」（言うなれば、元祖スパワールド）がオープンするなど、多種多様な娯楽施設が集まり、後の『大大阪時代』を予感させる、一大歓楽地・新世界が誕生した。

その新世界「ルナパーク」のシンボルとして、ホワイトタワーの「ビリケン堂」に、馨子の言う初代ビリケンが鎮座した。

ところが、『大大阪』の魁《さきがけ》となった「ルナパーク」の寿命は、意外に短く、開園からわずか十余年後の一九二三年（大正十二年）に閉鎖された。相前後して、ビリケンも所在不明になり、今もってその居所がわからないということだった。

いつの間にか、二人は元の伏見キャンパスを通り越し、少し先の緩やかな石段を上がって、師団橋の袂に出た。

石造りの橋脚に旧陸軍のシンボル「五芒星《ごぼうせい》」が刻まれた橋だ。鴨川運河が第二軍道と交わる場所に架けられたもので、戦前は、陸軍第十六師団司令部へ繋がる、重要な橋だったようだ。

大学時代、酔い潰れたハルクが、師団橋の真ん中に大の字になって寝てしまったことがあった。深夜のこととはいえ、通行車両がないわけじゃない。僕とサイコが東西の橋詰めに立って車を止め、その間に、博士、商人、哲学君ら、未来の『暇人』メンバーが、正体をなくしたハルクの、体重一〇〇キロを超える巨漢をやっとの思いで道端まで引き摺り寄せた。翌日、いつものように顔を合わせたときの、サイコのハルクに対する苛烈な態度は、言うまでもないことだろう。それでも、ハルクの場合、笑い話で済んだが、博士の事故のときは、もう奇跡を信じるしかなかった。


ビリケンに話を戻す。馨子によれば、鷹司本家は、明治維新後、代々当主が世襲のように勅撰議員に任じられたことから、議員活動や社交の利便のため、東京麻布の元大名屋敷を買い取り、そこに生活の本拠を移した時期があった。

馨子の曾祖母・清花御前の父は、本家の御曹司に生まれたが、帝大進学を目前に一高を中退。両親の反対を押し切り、母を連れて、元の烏丸丸太町の屋敷に戻った。そして、少年の頃憧れた、仏像彫刻の道へと転じた。その後、修練の末、一人前の仏師として知られ始めた頃、アメリカ由来のビリケンを商標登録した「田村駒」の依頼を受け、「ルナパーク」のビリケンを彫刻したという。ビリケン像の好評を追い風に、次第に一般彫刻にも創作の幅を広げていったのだが、後世に伝わる作品を生み出せぬまま、昭和恐慌の年、突然の病に斃《たお》れ、帰らぬ人となり、翌年、父の後を追うように母も病没した。

両親が他界した後、清花御前は、一粒種の父が勘当され、跡取りのいない鷹司本家に養女として迎えられ、それまでの質素倹約の生活が一転。華族令嬢として、何不自由ない華やかな人生を歩み始めた。

百代《ももよ》の人生を経た今、清花御前は、老いた猫のように縁側の籐椅子で背中を丸めながら、夢現の揺り籠に揺られ、久しぶりに帰省した曾孫を相手に、「お父様の、ビリケンさんを、もう一度見たい」と、うわ言のように繰り返していたという。

僕と馨子は、しばし師団橋の袂に佇んだ。陽は西に傾き、吹き寄せる疏水の川風が二人の頬を撫で、僅かながら蒸し暑さが和らぐのを感じた。

「……だから、お願い、おにいさん。ビリケンさんを探して」

静かに言い終えた馨子。旧知の僕を通じ、人づてに聞いた『暇人クラブ』に、高祖父が遺したビリケン像の捜索を申し入れたのだった。

Chapitre 1　premier《プルミエ》　絶対的、そして無目的に（by 岡本太郎）

♪　チャラララ～ララ、チャララ～ン……

絶対的、そして無目的に……恐れていた「チゴイネルワイゼン」が、延々とリピートしていた。蒸し暑さというより、狭い密室で「チゴイネル」を聴かされる拷問に堪えかねて、全開した二階窓。そこから射し込む通天閣の電飾が、老朽化した雑居ビルの一室を黄色く染めた。展望台に掲げた「もずやん」の顔から、二、三日前の笑顔が消え、警戒を告げる黄信号に変わった。新型コロナの第七波が、あっと言う間に全国各地を襲っていた。

「通天閣、また、真っ赤に染まる」

窮屈に屈めた身体を窓枠に預けながら、ハルクが、間近に聳《そび》える通天閣を見上げて、ポツリと呟いた。

祇園会の宵々山の後、増加に転じたコロナの新規感染者は、日々、前週比の倍数を超え、急速に増え続けている。ハルクの言うように通天閣のライトが赤色になり、「もずやん」が泣きっ面に変わるのは、もう時間の問題だった。

「なんべんも言うとるやろ、ハルク。おまはん、体重一〇〇キロやで。このビル、オンボロなんやから、そない、片っぽにもたれたら、傾くやろがぁ」

イライラをぶつけるように、手にした雑誌を放り投げて、商人君が毒突いた。

「一〇〇違う。今朝量ったら、一〇五キロ」

と、馬鹿正直にハルク。火に油を注いでどうする。

「耐震は疑問ですが、一般のオフィスビルの積載荷重は、最低２９００ニュートン／㎡あります。いくらなんでも、建物が傾くことはないでしょう」

いつもは博士の役どころだが、例によって、「天下御免／面会謝絶」の看板ぶら下げ、アイテム開発に没頭していて、代わりにダビンチ君が答えた。

築五十年以上経つが、建物の造りは一応鉄筋コンクリートだ。さすがに人一人の体重で右や左に傾くことはなかろう。それより、この雑居ビルの設計は、多数のテナントを入居させる算段からか、天井を低くして、その分階層を増やしているため、身長一九〇センチ余りの長身のハルクには窮屈すぎる。背筋を伸ばすと、文字どおり頭が支《つか》えそうだ。仕方ないので、室内では、椅子に座るか、窮屈に身体を丸めている。だから、商人君のように無碍に責めたら、ハルクが可哀想だ。

それにしても、この夏は殊のほか蒸し暑い。なのにハルクが寄りかかる窓際の壁は、前の入居者が撤去したエアコンの配管穴がポッカリ開いたままだ。温暖化による異常気象のせいか、六月を待たず日本列島を覆った猛暑。何はともあれと、早々に発注したエアコンは、設置業者の順番待ち。渉外担当の商人君によると、あと二週間はかかるとのことだ。サイコ一人が、前の事務所から運び込んだ二台の扇風機と、連日の熱中症警戒アラートに耐えかね、大手通販から二個一の半額で買った卓上クーラーを目の前に並べ、その上、今夜は、和尚さんの経文扇子まで理不尽に取り上げて、部屋中の風を独占していた。

馨子から初代ビリケン、ＴＡＲＯ君から『地底の太陽』と、立て続けに捜索依頼を受け、一週間余り経った。僕たちは連日、ここ大阪新世界のド真ん中、通天閣下の雑居ビルにある、『イマジンクラブ』のオフィスで額を突き合わせている。今日も今日とて、浪花の夏の風物詩・天神祭の見物がてら、休日出勤して下調べ……と言えば、聞こえはいいが、要するに、肝心の博士の発明を、まだかまだかと首を長くして待っていた。

一件一品。一件の依頼に対し、少なくとも一つ、新しいアイテムを開発するのが博士のポリシーだが、今回は一時に重なったので、皆で博士に頼み込んで、特例的に二個一で手を打ってもらった。例によって、博士がどんな物を作るのかさっぱりわからないが、一週間経っても試作の目途すら立っていないから、一品で勘弁してもらったのは、賢明な判断に違いなかった。

楽しみにしていた天神祭だが、ここしばらくのコロナ感染急拡大のため、「鉾流」や「陸渡御《りくとぎょ》」はなんとか行われるものの、人気の「船渡御《ふな》」と奉納花火は中止だという。大学に進学した年、大阪育ちのハルクに連れられ、鮨詰めのライオン橋（難波橋）から、サイコや後に『暇人』に集う仲間らとともに、初めて本宮の花火や大川を往く「船渡御」の鳳輦《ほうれん》船を見た。そのとき、ハルクが橋下を潜る一艘を指さし、おそらく寄席下座を務めるおかんから聞いたのだろう、「あれが、五郎兵衛の落語船」と、教えてくれたのを、なぜかしらよく憶えている。

事務所が移転して、初めての天神祭だったから、明日は通天閣の展望台から眺める花火と、大川から道頓堀を往き来する「船渡御」を人一倍心待ちにしていたのに、おまけに、おかんのイケズで、土用を過ぎても鰻の欠片にもありつけないでいるハルクが、なおさら気の毒だった。

年度替わりの四月初めに、慌ただしく芦屋の事務所を引き払い、僕らはこの六階建ての老朽化した雑居ビルの二階に越してきた。半世紀以上前の建物だから、エレベーターがないのは仕方ないにしても、耐震補強が心許ない。防火設備も、もちろんスプリンクラーはなく、申しわけ程度の火災報知器と、階段の踊り場に期限不明の消火器が置かれているだけだ。おまけに、ほとんどの入居者は、階段のあちこちに段ボールの荷物を積み上げ、非常時の避難路を塞いでいた。とてもじゃないが、これで消防点検にパスできるとは思えなかった。

一階店舗で老舗の串カツ店を営む、このビルのオーナーとおかんが古い馴染みだったことから、次の事務所は大阪と決めていたサイコが、例によって後先考えず、おかんに頼み込んだ結果、ここに移転してきたという次第だ。

もっとも、家賃を滞納したわけでもないのに、生活環境抜群の芦屋からこうバタバタと引っ越す必要はどこにもなかった。いつものサイコの気紛れと言えば、それまでだが、今回はどうやら、例のゴミ業者の変更が絡んでいると、僕は睨んでいる。

サイコが芦屋に事務所を置いた大きな……というか唯一の理由は、僕らの事務所が頼んだ廃棄物処理業者がゴミ回収時の音楽に、通常の「赤とんぼ」や「シャボン玉」の童謡ではなく、珍しくフォークダンスの定番「オクラホマ・ミクサー」を流していたのだが、今年の三月いっぱいで京阪神から事業を撤退。四月以降、首都圏にある系列会社に吸収合併されることになった。さすがに、廃棄物業者に付いて移転するわけにもいかない。いや、サイコのことだ。ひょっとしたら、本気で東京行きを考えたかもしれないが……。お気に入りの「オクラホマ」が聴けないのなら、サイコ的には、お高くとまった芦屋に留まる理由は何一つなかったはずだ（どうして、そこまで、「オクラホマ」にこだわるのか、知りたい方は、拙著『（天こ盛り）暇人クラブPart2』をご覧あれ）。

それはさておき、トイレ・小型キッチン込み、ワンフロア30㎡のオフィスは、個人の事務机を並べる余裕などなく、耐震補強の名目で、太い円柱がズドンと部屋の真ん中に鎮座する。その柱を囲むように四半円や長方形のテーブルを組み合わせた、会議兼作業スペースは、まるで朝の通勤列車並みで、小さめのパイプ椅子に座って、全員が肩を寄せ合えば、なんとか収まるという過密さ。後は入口近くに受付兼荷物置きカウンターと、その脇に連結式の更衣ロッカー、さらに部屋の右奥に、カーテンレールに仕切られた、畳一畳少しの博士の研究部屋と、左奥にファックス電話のキャスター台を割り込ませると、ほぼ目一杯だ。なのにサイコのわがままで、芦屋の事務所から搬入した壁掛け50インチの大型ディスプレイ（博士が市販品を改造したPCモニター兼用テレビ）が、今し方ハルクが身を屈めていた窓際と斜向かいの壁の大半を占めるのだから、それでなくても手狭な空間をより一層圧迫していた。

劣悪な環境ばかり並べたてたが、『暇人』全員、ここに転入してきて良しと思っている。新世界は元々パリの街路を模し、三方向に放射状に道路を広げ、整然とした区画整理を行うなど、欧米の最新都市計画を取り入れた設計。往時、初代通天閣や「ルナパーク」周辺の賑わいは、道頓堀・千日前と肩を並べ、大阪三大歓楽街として名を馳せた。

　太平洋戦争のただ中、新世界のランドマーク・通天閣が火災により全焼し、鉄材供出のため解体・撤去された。その後、新世界は、戦争末期の大阪大空襲で甚大な被害を受け、辺り一面、文字どおり焼け野原と化した。戦後復興は遂げたものの、キタやミナミに比べ、今なお、前時代的な猥雑さ、いかがわしさを引き摺っていた。

　ところが、近年のインバウンド需要の賜物か、キタやミナミでは味わえない、独特のディープさが、外国人観光客の人気を博し、また、「あべのハルカス」や、長らく空地のまま放置されていたＪＲ駅前に星野リゾートが開業するなど、近隣を含めた駅前再開発と相まって、「そのまま丸ごと『新世界遺産』」をキャッチに、長引くコロナ禍の苦境の最中にあって、新世界は今、大阪一のホットスポットと言っても過言ではなかった。


「時間もあるし、一度、整理しましょう」

　所在なげにハルクが自席に戻るのを待って、ダビンチ君が口火を切った。博士が手を離せないときは、彼がリーダー代行として僕らの全体行動を仕切ることに決めていた。ダビンチ君が仲間入りするまで、譬えは悪いが、こんな保育園児の引率のような役目は、大抵僕にお鉢が回ってきたから、お蔭で気分的に随分楽になった。

「まず、『地底の太陽』ですが」

と、ダビンチ君。筋道を立てて話し始めた。

曰く、『地底の太陽』の捜索は、何者に操られているのか知れないが、土偶アバターのTARO君が、幾ばくかの予備知識を持っていて、全面協力するということなので、行動計画は、彼と打ち合わせしてからの話だ。TARO君とは、次の日曜に通天閣の展望台で落ち合うことになっていた。とはいえ、一応、ネット情報は集めておいた。目新しい情報はほとんどなかったが、一つだけ、マニアックなサイトの中に、オカモトタローの女性遍歴と子どもの存在に触れた、「週刊なんとかのなんとか砲」みたいなゴシップを見付けた。もとより眉唾の話だが、妙に臨場感がある記事だった。

問題は、「ルナパーク」のビリケンの方だ。今から百年も昔の話だ。清花御前ですら、物心付いて間なしの頃だから、当時を知る関係者は、まず存命していないだろう。唯一の生き証人である清花御前には、先日、依頼者の馨子とともに、ダビンチ君と僕が改めて事情を聴取し、手がかりを探ったが、事前に馨子から説明を受けた以上の話はなかった。取っかかりとして思い付くのは、当時ビリケン像を独占販売し、今も現存する「田村駒」の直当たりぐらいだった。

下調べでは、尖り頭《とんが》と吊り目が特徴の、幸運の神・ビリケンは、アメリカの美術家、フローレンス・プレッツがデザインしたもので、大阪に本社を置く創業百三十年の繊維商社「田村駒」の創業者・田村駒治郎が、いち早く商標登録し、「新世界ルナパーク」の開業とともに、清花御前の父が彫刻した初代ビリケン像を、ホワイトタワーの「ビリケン堂」に奉納した。駒治郎は、自社にビリケンのお堂を建立するほどの熱心さで、「田村駒」は、その後、今の通天閣の二代目ビリケンの復刻にも寄与した。

ダビンチ君が言うには、今しばらく博士の発明を待つ方がいいのではないか。実は今回の依頼、博士が研究部屋に籠もる前に、二班にグループ分けし、各々同時進行で捜索することを決めていた。『地底の太陽』班は、現存する関係者も少なくないこと、ＴＡＲＯ君が提供してくれる情報と突き合わせながらではあるが、地道な聞き込み作業が主になると想定し、なぜかイの一番に僕が指名された。僕のほか、ハルク・商人君・哲学君と、本人の希望で、依頼者のＴＡＲＯ君を加えた五人編成だ。そして、難航が予想されるビリケン班の方は、サイコを筆頭に、博士・ダビンチ君・和尚さんに、相談役のおかんを含めた、こちらも五人のチームになった。せっかくだし、依頼者の馨子もビリケン班に加えたらと、僕が水を向けたら、「あとは任せればいいのに、あの娘《こ》、いつまでおるん」と、けんもほろろなサイコの応対。今さら喧嘩している場合でもなかろうと思いつつ、黙っていると、博士がしばらく考えてから、「危険ガ伴ウ。不死身ノオカン以外ハ、巻キ込マナイコトニシヨウ」と言うので、それもそうかと、彼の判断に従った。

してみると、博士が開発を進めるアイテムは、極めて危険な代物かもしれない。そう言えば、ハルクがパシリで、博士お気に入りの「でんでんタウン」にひとっ走り。怪しげな無線店から、変テコな部品を調達していた。もしかしたら、スタートレックの転送装置みたいなヤバい物を作っているのかもしれない。

それと、博士と言えば、最近、少し気になる様子を見せるときがある。術後の免疫抑制剤は欠かせないにしても、この前、朝の掃除当番のとき、たまたま博士が研究部屋の隅に置き忘れたお薬手帳が目に入った。悪いと思いながら覗き見したら、以前はなかった二、三種類の薬剤が増えていた。もとより何の薬か、僕にはチンプンカンプンだったが、投薬が増えることは、良くない兆候に違いない。それに、お薬手帳の件以降、僕が注意してみていると、博士は、時折自分の手指の動きに、自分でハッとするような表情になるときがある。

社長のサイコには、それとなく伝えた。折を見て、きちんと博士と話をすることにし、しばらく様子を窺っていたら、今回の二つの依頼が重なった。この仕事が片付いたら、じっくり博士と向き合おうと、昨夜サイコと話したばかりだった。

グループ分けは当初案どおり決まった。ただ、命名好きのサイコが図に乗って、各々の班に名前を付けた。片や超人チーム、もう一方が凡人チーム。どちらがどちらかは言わずもがなだ。商人君や哲学君が口々に異を唱えたが、意外なことに、僕のチームで最も超人っぽいハルクだけが沈黙を守った。きっと、天敵のおかんと別のチームになって、胸を撫で下ろしていたに違いない。

それはそれとして、結局、ダビンチ君の提案どおり、TARO君との約束の日まで博士の研究開発を見守り、その後、グループ行動を始めることとした。そうと決まれば、ますますすることがなくなった。

することがないから余計お腹が減るのか、さっき下の串カツ屋で夕飯を済ませたばかりなのに、むっくり起き上がったハルクが、

「夜食、買ってくる」

そう言い残して、階下に降りていった。

先ほどチラリと触れたが、僕らが間借りする雑居ビルの一階は、オーナーが経営する串カツチェーン「福ダルマ」本店の店舗兼住居になっている。

「福ダルマ」は、初代オーナーの達磨福太郎が、裸一貫、戦後闇市の掘っ建て小屋から築き上げた店で、艱難辛苦の末、秘伝のタレを売りに、ここ通天閣本店を拠点にして、新世界と言えば、「安くて旨い福ダルマ」と言われるまでに名を遂げた。ところが、福太郎の

長年の念願だった、「ルナパーク」閉園後姿を消したビリケンが二代目通天閣に復元される前に、心臓発作のため呆気なく他界した。

後を継いだ、通称「ビリケンおやじ」と呼ばれる、息子の二代目・福次郎が経営の才を発揮し、「福ダルマ」チェーンとして全国展開。今や業界一、二を争う最大手として、福次郎は、本店店主と自社ビルオーナーを務める傍ら、全国串カツ連合会常任理事と地元通天閣商店会の会長を任じられている。

ここ二、三年は、コロナ対策の度重なる緊急事態宣言のため、飲食業界は軒並み大打撃を受け、道頓堀の「くいだおれ太郎」「かに道楽」とともに、大阪三大看板と称された、あの張り子のトラフグ、百年続いた老舗「づぼらや」でさえ、看板を下ろさざるを得なくなった。にもかかわらず、串カツ「福ダルマ」は、営業成績の落ち込みはあるにしても、今なお、ほとんど銀行借り入れのない健全経営を貫いていると聞く。

地上波の、いわゆる「旨いもん」番組にもチョコチョコ顔を出し、今や新世界の名物男になった二代目のビリケンおやじ。若い頃は放蕩の限りを尽くし、全学連闘士やロックミュージシャンの経歴を持つ変わり種だ。ちなみに「二度漬け禁止」「キャベツ食べ放題」は「福ダルマ」発祥のキャッチフレーズだと言うが、話の出所が、あのおかんだから、真偽のほどは定かではない。

巨漢でかさ張るハルクがいないと、随分部屋が広くなったような気がする。打ち合わせが済めば、取り立てて話すべきこともない。騒音など物ともしないサイコを除いて、僕らは、博士の「チゴイネル」から逃れるため、予め用意した耳栓でしっかりと両耳を塞いだ。後は必要な会話があれば、ＬＩＮＥトークすれば事足りる。

ハルクが戻るまで、みんな思い思いの体だ。サイコは、ホテルから届いた招待状の文面に、あれやこれやと注文を付けた後は、いつもの化粧直しに専念。商人君は、四月から再開した宗一朗おじさんの経営塾「洛東フォーラム＠21」のケースワークの勉強。哲学君は何やら気ぜわしくシステム手帳を繰り、ダビンチ君は例によって、西村京太郎のトラベルミステリー。そして、腕組みした和尚さんは、藤井聡太八段の竜王戦の棋譜と睨めっこ。そんな見慣れた風景にホッと一息吐《つ》いて、僕は見るともなしに、部屋の真ん中でドカンと視界を遮る耐震補強の円柱に目をやった。

空間的にはこの上なく邪魔だが、この円柱、結構重宝している。引っ越して間なしに、階下のビリケンおやじから貰った、大きな新世界のイラストマップ。試しにぐるりと柱に巻いたら、図ったようにピタリと一巻きで収まった。マップ中央の通天閣とその下に吹き出しで描かれた「坂田三吉・王将碑」は、サイコの正面に位置し、隣に座る将棋好きの和尚さんもご満悦だ。二人とは斜向かい、テレビが背中越しになる僕やハルクの定位置は、ちょうど両端の繋ぎ目で、東の動物園や「てんしば」、茶臼山と、西の阪堺《はんかい》電車・恵美須《えびす》町《ちょう》駅が一周回って隣り合わせる、なんとも奇妙な構図。首を伸ばして、辛うじてスパワールドの温泉マークが識別の限界だったが、斜見する南陽通商店街、通称「ジャンジャン横丁」に並ぶ店の広告を目にするだけで、暇潰しにはちょいと楽しい。通りに犇《ひしめ》く串カツ、立ち呑み、立ち食いうどんや、ミックスジュースの発祥、昭和レトロな喫茶「千成屋珈琲」、昔懐かしインベーダーゲームの娯楽場「かすが」、はたまた哲学君好みの駄菓子屋さんや、仕事帰りに和尚さんが通う将棋クラブ等々……なかなか強力なラインナップだ。

つらつら考えるに、結果的に、芦屋から越してきて正解だった。都大路の外れのビルに構えた、最初の事務所の雑居感。そこに、路地裏の臭気と吹き溜まりの猥雑を足したような新世界は、よそ行き顔を捨てて、その場に飛び込んでしまえば、人情に篤く、棲み心地がいい。おまけに、事務所と目と鼻の先に、いつでも旨い串カツが食べられる店がある。

円柱には、ほかにも、ハルクが「福ダルマ」に買い出しに行くたび、ビリケンおやじから渡される音楽イベントのポスターがペタペタ貼られていた。おやじが昔、黎明期の関西ロックのドラマーをやっていた頃、毎年五月のGWに天王寺公園の野外音楽堂で催された「春一番」コンサートに参加していたのが縁で、串カツに専念してからも、暇を見つけては、昔の音楽仲間を応援しているようだ。つい先だっても、買い出し帰りの串カツを頬張って、ハルクが、無理やりおやじに渡されたと言い訳しながら、地元ライブのチラシを柱に貼り付けていた。見ると、「ご当地アイドル『オバチャーン』新世界通天閣下に降臨！　二年半ぶり復活ライブ!!」のコピーが、ド派手なヒョウ柄衣装を纏ったメンバーの頭上に躍っていた。

そんなこんなで、ついつい広告板になってしまう円柱だが、今は、博士とサイコを除くメンバーが、それぞれ手分けして調べたビリケン情報の、赤やら青やら黄色やら、色とりどりの付箋や貼り紙が、広告チラシを押し退けて、所狭しと貼られていた。

※

「毎度、おおきに！」

野太いドラ声とともに、階下のビリケンおやじが、事務所の扉からヌーッと顔を出した。背後にハルクと、天こ盛りの串カツ笊《ざる》を持つドローンロボットを従えた、おやじの容貌は、ビリケンの異名を取った尖《とんが》り頭と吊り上がった狐目が特徴で、マスクに隠れたチャップリン髭に、捩り鉢巻き、ニッカポッカ、そして、白地に大小の将棋駒のちぢみシャツ。これで鉢巻代わりにニット帽を被れば、ビリケンというより、ハルクが尊敬してやまぬ、喜劇俳優・花紀 京の舞台姿そっくりだった。

ちなみに、自称・演芸評論家のハルクによれば、「京やん」こと花紀 京は、「早慶戦」

で名を馳せ、現代漫才の王道「しゃべくり漫才」を確立した伝説の名コンビ、「エンタツ・アチャコ」の横山エンタツの次男坊。片や、花菱《はなびし》アチャコを師と仰ぐ盟友、「奥目の八ちゃん」こと岡八郎とともに、一九七〇年代、関西ローカルながら、絶大な人気を誇った吉本新喜劇隆盛の立役者だ。強いて全国ネットで譬えれば、ドリフの加藤茶か、志村けんに近い存在と言えるだろうか。ただ大きな違いは、関西人にとって、当時の新喜劇は、いわば、朝起きて、歯磨きして、トイレに行くのと同じような生活の一部。良くも悪しくも、新喜劇のギャグは、ガキンチョたちの挨拶代わり、ごく普通の日常会話だったと、いつだか、宗一朗おじさんが、懐かしそうに振り返っていた。

それはさておき、件のおやじ。

「串、サービスしとるから、これ、また、貼っといてんか」

そう急《せ》からしげに言うと、耳栓を弛め、カウンターに立った僕に、一枚の油染みたチラシを差し出した。

「今度なぁ、『大阪PR大使』ちゅうやつ、引き受けてん。マツイはんに、頭下げられたらしゃあないわ。んでな、これが初仕事や」

嬉しさを堪えたような困り顔を残し、おやじは、せかせかと階段を下りていった。口は悪いが、根っからの世話好きのようだ。

食べさしの串を両手に握ったハルクと、ドローンロボットを招じ入れた後、渡されたチラシを見たら、『２０２５大阪・関西万博』のＰＲ。夢洲会場の上空を旋回する「空飛ぶ車」に犇く吉本芸人のイラストが描かれ、新喜劇の酒井藍扮する藍五郎の口から「ｗａｒａｉｉ・ｍｙｒａｉｉ（ワライ・ミライ）よしもとパビリオン　楽しみにしてや～！」と、吹き出しの宣伝文句が記されてあった。

　新世界の「ルナパーク」が閉鎖され、ホワイトタワーの初代ビリケンが行方不明になって百年。それに、五十五年ぶりに開催される地元『大阪・関西万博』が、いよいよ動き出した。このタイミングで、ビリケンと『地底の太陽』の探索が重なるのは、僕には、目に見えぬ何かの巡り合わせのように思われた。


　空中にホバリングしたドローンロボットの、アームの鍵爪に吊るされた大笊《おおざる》から、見る見る揚げたての串カツが消えてゆく。サイコとハルク、時々和尚さんが手を伸ばし、ほとんど三人で山盛りの串カツを平らげつつあった。あれだけ夕飯で食べたのに、なんという強靭な胃袋だ。とはいえ、今夜のハルクは、食いそびれた土用の鰻の敵討ちのように、期間限定の穴子串をこれでもかというくらい食べていたし、頭のてっぺんから爪先まで、油まみれになってるはずだ。うっかり煙草でも吸おうものなら、引火して全身丸焼けになりそうだ。

　それはそうと、紹介が遅れた。ご時世を真似、正面のコントローラーにマスクを着けてホバリングするこのドローンロボットだが、コードネーム・K1と言い、引っ越して間なしに、昼休みの腹ごなし、鼻歌交じりに博士が組み立てた自動航行式のAIロボットだ。元々事務所の留守番をさせるつもりが、家賃半減と引き替えに、「福ダルマ」に出前用ロボットとして貸し出している。天神祭の今日は、いつもより早めに店終いしたので、ハルクと一緒に事務所に帰ってきたというわけだった。

渾名付けが好きなサイコが、マッチョな印象のK1よりはと、彼女にしては珍しく、おもてなし君という、まろやかな名前を付けたので、普段は皆そう呼んでいる。博士の知識をインプットした人工知能と、基本的性格はダビンチ君のコピー。なので、温厚篤実……なはずだが、どうした手違いか、一九八〇年代前半のいわゆる「キレる世代」と、今時のZ世代の気質が混入してしまい、急にブチ切れて凶暴化したり、「アンタとは価値観が違う」と突き放し、勝手にスリープモードになったりする。

ただ注意深く観察していると、どうやら特定の者の特定の言葉にスイッチが入るようで、今のところ、被害はハルクに限られている。おもてなし君は名目上、ハルクが隊長を務める実働部隊に配属されているので、当然のことながら、大半の指示はハルクが出す。

二週間ばかり前、こんなことがあった。博士の頼まれ事で、ハルクが、いつもの「でんでんタウン」へ買い出しに行った帰路、昼時分になったので、軽くラーメン・餃子でもと、黒門《くろもん》市場近くの路地を物色していたら、青銅色の龍の立体看板に「金竜」の文字。道頓堀を拠点にした馴染みの名物ラーメン・チェーンだ。「こんなとこに、いつの間に」と、ここら辺は守備範囲のハルク。首を捻りつつラーメン店の暖簾を潜ったが……。結局「龍」じゃなく、略字の竜の偽モンで、くだんの名物ラーメンとは無縁の店。値段は高いわ、味は悪いわ、散々だったと、ハルクが帰るなりぼやいた。「あこぎな店や」と、腹立ち紛れに呟いた言葉に、ちょうど「福ダルマ」が定休日で、手持ち無沙汰に事務所の中を低空飛行していたおもてなし君が、なぜか突如ブチ切れた。Ｊアラートのような警報を発したかと思うと、赤色ＬＥＤを点滅させながら、四倍速を超える早送りで、「長州力、消臭力……！」と、訳のわからぬ言葉で捲し立て、直属の上司のハルク目がけ、伸ばしたアームでラリアットを打ってきた。咄嗟にハルクが両手を十字にして、ガードを固めたので、事なきを得たものの、如何な鋼鉄のハルクとはいえ、相手はガンダム級の本物の超合金。一歩間違えば、大惨事になっていた。なるほど。ダテにＫ１の名が付いたわけじゃない。

さすがに博士も、このままではダメだと、どこかの回路を弄《いじ》っていたが、その後、凶暴さは収まった代わりに、なぜか前よりガラが悪くなった。

「あ〜、お腹いっぱい！」

「もう一ミリも無理」

サイコとハルクが、お腹抱えて口々に。見れば、串カツの大笊が、底の天紙だけ残し、綺麗さっぱりなくなっていた。

「おまはんら、ホンマ、よう喰うのぉ。な〜んも、考えることないんかいな。幸せなやっちゃで」

一瞬商人君かと思いきや、声色を真似た、改良後のおもてなし君だった。確かに、如何な商人君でも、サイコに対して、こんなズバッと口答えすることはない。

「こっちは、あんたらが、喰いやすいよう、黙って、ホバっとんねん。ちょっとは、感謝せぇよ」

ブスッとしたサイコ。言われっ放しで済ますはずがない。椅子に座ったまま、テーブルの脇からハエ叩きを取り出し（って、そんなん、今どき、どこに売っとんねん）、ソロリと狙いを定めた。素早く気付いたハルクが、慌てて止めに入った。

「K1かF1か、知らんけど、社長のわたしに、楯突くん!?」とサイコが毒を吐き、

「社長か野鳥か、そんなもん、知るかい！ やれるもんなら、やってみんかい」と応じるおもてなし君。

売り言葉に買い言葉。一触即発の睨み合いの最中、突然「チゴイネル」の音楽がピタリと止まり、狭い部屋を駆け巡っていた喧噪が消えた。

一呼吸間を置き、レール式のカーテンを開けて、研究部屋から顔を出す博士。

「ダメダ。間ニ合イソウニナイ。イズレニシテモ、次ノ日曜ニハ、見切リ発車スル」

白衣姿で天を仰いで言うと、何を思ったか、縁なし眼鏡の角を光らせ、おもてなし君を指差した。

「ツイデニ言ッテオクガ、サイコハ、君ガカナウ相手デハナイ。逆ラエバ、スクラップニサレルダケダ。以後、肝ニ銘ジテオクヨウニ」

博士はそう釘を刺すと、再び研究室に姿を消した。すると、またもや「チゴイネル」が、所狭しと部屋中に鳴り響いた。

Chapitre 2　deuxième《ドゥジエム》　まっさらな目をもて（by岡本太郎）

壱

新世界のランドマーク・通天閣が再建されたのは、一九五六年（昭和三十一年）のこと。太平洋戦争最中に焼失した初代通天閣を凌ぐ塔高一〇八メートル。数次の改修工事を経て、地階アンテナショップ「わくわくランド」（以前の通天閣地下劇場跡）を振り出しに、三階のトップフロアには、百年前の「ルナパーク」ジオラマ、四階に「光の展望台」、また、地上八十七・五メートルの五階「黄金の展望台」に金色に輝く三代目ビリケンが祀られ、最上九十四・五メートルの屋上階には、「探偵！　ナイトスクープ」の名物企画「通天閣の上から叫ぶ」の舞台、屋外回廊の「特別展望台（天望パラダイス）」がある。そして、この春、全長六十メートルに及ぶ螺旋状のパイプを約十秒で一気に滑り落ちる「タワースライダー」が設置され、事務所を移してすぐに『暇人』仲間全員で滑りに行った。

約束の時間まで少し間があった。朝から研究部屋に籠もりっきりの博士を残し、僕らは、五階展望台でＴＡＲＯ君と待ち合わせた後、二班に分かれて、分散行動を取ることになっていた。おかんは、朝席の寄席三昧を済ませ、押っ取り刀で駆けつける算段。博士は、ぎりぎりまで新アイテムの開発に努めるが、完成の有無にかかわらず、グループ行動に移るタイミングで合流する手筈だった。

　僕たちは、通天閣の骨組みの基底部、初代通天閣の復刻天井画の下辺りにいて、待ち合わせ時間まで各自、自由行動を取っていた。ダビンチ君は、真下から「花園に遊ぶクジャク図」と題する天井画を、自らの審美眼を確かめてでもいるかのように、黙って穴が開くほど見上げ、隣では、商人君とハルクが、例の披露パーティーで演《や》るコントの練習をしていた。一ミリたりとも寸法違いを許せないタチの哲学君は、首を捻りながら、所携のメジャーを取り出して、通天閣の基底骨の長さを測りだし、少し離れた和尚さんは、例の王将碑の隣にある将棋盤を睨んでいた。前に和尚さんから聞いたことがある。この将棋盤は、王将・阪田三吉が、宿敵・関根名人と対局した棋譜を象ったもので、門外漢の僕にはさっぱりわからないが、これが、「銀が泣いている」の名台詞を残した「泣き銀の一局」だという。

　好き勝手に時間を潰す仲間を残し、僕とサイコは、一足先に館内に入ろうと、風に揺れる「通天閣猿回し劇場」の幟脇を擦り抜けて、展望台入口の階段を下りた。

地階のアンテナショップを冷やかした後、二人は、エレベーターで二階に上がった。ここから螺旋階段を上れば、「タワースライダー」の滑降口に出る。時間はあったが、先に待ち合わせの展望台に上がってゆっくりしようと、グルッと廊下を回って、展望エレベーターに乗ることにした。

通天閣は、開業百年を迎えた二〇一二年、祝賀記念として五階展望台の全面を金色塗装し、「黄金の展望台」としてリニューアルした。これに合わせ、展望台に安置されたビリケン像も、二代目から金箔を施した三代目の金のビリケンに代替わりした。ほかにも、記念事業の一環として、今は商店街の一部となったかつての「ルナパーク」跡地に、ビリケンおやじの音頭で、地元串カツ振興会が新たに「ビリケン神社」を建立。そこにもブロンズのビリケン像が祀られた。

今や通天閣を中心に、放射状に延びた地元商店街のあちらこちらで、大小、色とりどりのビリケン像が百花繚乱、狂い咲きの如く、開運招福を競い合っていた。

水際対策は緩和されたものの、入国者数の制限や陰性証明の縛りがあるため、エレベーター待ちの列には、二、三の外国人の姿しか見えなかった。それでも夏休みの日曜のことだ。鮨詰めとは言わぬまでも、多くの親子連れで、結構な人集《ひとだか》りになっていた。

展望台へ上るエレベーターが、ちょうど二人の目の前で定員に達して、扉が閉まった。

「ねぇ、綾、おばさんには、どのタイミングで、話したらええ？」

僕と二人きりのときのサイコの物言いは柔らかい。

「宗一朗おじさんの了解が先。母さんは、そのあとでいい」

と僕。おじさんがよければ、たとえ直前の話になっても、母が否と言うはずはなかった。

「わかった」

事務所にいるときとは別人のように、サイコは素直に頷いた。

隣のエレベーターが下り表示に変わった。ほどなく降りてくるだろう。

「TARO君と落ち合う前に、わたし、ビリケンさんの足、撫でときたい」

「うん、そうしよう」

ビリケンは全知全能の神。足裏を撫でた人のあらゆる願いを叶えてくれるという。かけがえのない人の幸せのために祈る気持ちは、僕にも身に沁みてわかった。

ビリケン祈願を終え、三々五々展望台に集まった『暇人』メンバーとともに、TARO君のお出ましを待ったが、約束の時間の直前になって、当人からメッセージが届いた。内容は、「この階の案内カウンターに身代わりを預けた。ベルトのスイッチを押せば、必要な情報と第一番に訪ねるべき場所を伝える」とのことだった。

指示に従い、インフォメーションガールに趣旨を伝えると、先日の仮想『大阪万博』の姿そっくりの、高さ十センチほどの「遮光器土偶」の人形が、カウンターの前にいたハルクに手渡された。仮想アバターと違う点は、首から提げるチェーンが付いていることと、あとは伝言にあったように、ミニチュアの『地底の太陽』を象ったベルトが、人形の腰に巻かれていることだった。

それともう一つ、土偶の瞳だ。教科書に載る土偶は皆、誇張されたゴーグル目玉に、瞳の部分が真一文字の細い横線で描かれているのに、この人形にはその線がなく、瞳がないのか、ゴーグル全体が瞳なのか判然としなかった。

TARO君の正体がわからないのは残念だが、依頼を受けた限りは、相手が明かさない事情に深入りしないのが、僕らの業界の鉄則だ。

無用の詮索はやめ、TARO君の指示どおり、最初の訪問先を確かめたあと、僕らは予め決めた二組に分かれた。ただし、「超人チーム、凡人チーム」の呼称は、今朝出がけに、気遣い上手のダビンチ君の提案で、Teamビリー、Teamタローに改めた。

さて、Teamタローのハルク、商人、哲学君と僕の四名は、チーム名と被って紛らわしいので、「ジュニア」と名付けた土偶人形を携え、一足先に通天閣を後にした。

一方、ビリーの方は、相前後して、博士から「安全性ノ実証ハ間ニ合ワヌガ、試作ガ完成シタ。必要ナ準備ガ整ッタラ、ソチラヘ向カウ」と、連絡が入り、博士の到着を待って行動を開始することにしたため、時間潰しに展望台から三階のトップフロアまで降りて、百年前の新世界を再現した、初代通天閣や「ルナパーク」のジオラマの辺りに屯した。

「屯した……はいいけど、綾ちゃん、あんたらもう、ジュニアと、『地底の太陽』探しに行っちゃったんでしょ。いつまで、シャシャリ出るつもりなん?』

「悪いが、君に任せたら、作品の品位が落ちる。だから、このまま僕が続ける」

「失ッ礼～なヤツ、憶えてらっしゃい！』

「いいえ、忘れます」

というわけで、引き続き僕が司会進行します。では、基《もとい》。

ジオラマを囲む左右の壁には、当時の写真やチラシ、絵葉書の類い、少し変わったところでは、ハイカラな意匠の「恵美須通 通天閣喫茶店」のマッチ箱などが飾られ、往時の新世界の賑わいが偲ばれた。

目を閉じて、想像の翼を広げれば、首都・東京を抜き去り、人口世界第六位に躍り出た『大大阪時代』……東洋一の商工業を誇り、大規模なインフラと都市開発に巨額投資がなされ、「モガ・モボ」が行き交う、レトロ・モダンな街の面影が、垣間見えてくるようだ。

フロアの観光客が、百年前のジオラマ世界に、それぞれの思いを巡らせていた、そんなときだった。

突然、館内の照明が落ちた。ただそれは僅か一、二秒の出来事で、何ごとかと疑う前に、元どおり灯が点った。館内放送やインフォメーションから一切の説明はなく、停電など、端からなかったという雰囲気だ。

だが、確かに異変は起きていた。ワン・ツー・スリーの掛け声とともに、シルクハットの鳩が消えてなくなる手品の如く、ジオラマの通天閣や「ルナパーク」はもちろん、周囲の展示物の何もかもが、瞬時に跡形もなく消失していた。

サイコらは、眼前に起きたこの出来事が錯覚でないことを、互いに目で確認し合っていたところ、待ち人の博士からＬＩＮＥが届いた。今、「ルナパーク」の「ビリケン堂」にいるから、来てほしいとのことだ。「ルナ」の「ビリケン堂」と言えば、初代ビリケンが鎮座した場所だ。博士はきっと、何か探索の糸口を掴んだに違いない。


ぐるりと廊下を回って、下りの螺旋階段に向かいながら、

「博士の言う『ルナパーク』って、どこ？」

とサイコ。

「百年前に、消えてなくなってるやん」

珍しくもっともな話だ。

「何がどうなってるのか、事情はわかりませんが……」

前置きして、ダビンチ君。

「当時の『ビリケン堂』って、確か、大きな串カツ屋さんの隣、『ビリケン神社』のあたりです。とにかく行ってみましょう」

「また、串でござるか?」

「ビリケン神社」の横は、「福ダルマ」と大阪の串カツ覇権を競う、新興勢力「大関」チェーンの通天閣店がある。

「愚僧、少々、食傷気味にござるが……」

ここ連日の串カツ攻めが堪えているのだろう。何を勘違いしたのか、和尚さん。博士と、お昼に「串カツ定食」を食べるとでも思ったようだ。

思わず噴き出すサイコとダビンチ君。背後では、姿を消したジオラマや展示物が、いつの間にか、寸分違わず元に戻っていたが、先を急ぐ彼らは、そのことに気付かなかった。

※

「サテ、ドウシタモノカ……」

腕組みして、博士が独り言ちた。

おかんを除くメンバーが揃ったＴｅａｍビリーの面前には、あろうことか、串カツ、居酒屋の飲食店に囲まれた「ビリケン神社」ではなく、九十九年前に閉園したはずの「ルナパーク」の「ビリケン堂」が立っていた。

ただし、ご神体が座る台座には、小さい頃から僕らが馴染んできた、尖り頭《とんが》に狐目のビリケンではなく、極彩色の彫像風の陶器。……台風の渦のような雲をマフラーにして、両目を剝き、口を尖らせた独特の貌付きは、オカモトタロー作品と見間違えるような置物が鎮座し、台座のプレートには、ハリケーン（台風）を捩《もじ》ったものか、情熱の神「ビリケーン」と刻まれていた。


博士曰く、ここは仮想空間でもタイムスリップでもなく、いわゆるパラレルワールド（並行世界）とのことだ。僕が昔、大学図書館で、暇潰しに流し読みした雑誌の特集にあった。パラレルワールドとは、「人の選択によって枝分かれした無数の現実世界」だ。記事の最後に「貴方が今いる世界とは別の世界が存在する。そこに、今とは別の人生を歩む貴方がいる」と書かれていたことが、妙に心に残っていた。

無数の枝分かれの一つとはいえ、Ｔｅａｍビリーが目の当たりにする「ルナパーク」が、紛れもない現実世界だとすれば、ビリケンが「ビリケーン」にすり替わったのは、一体どういうことか。ビリケンなど初めから存在しない世界、あるいは、「ビリケーン」に取って代わられた世界があっても、何ら不思議ではないということか。

この眼前の「ルナパーク」の光景も、ついさっき、突然、通天閣三階のジオラマが姿を消したのも、博士が開発したニューアイテムの仕業で、どちらも百年前の新世界のパラレルワールドを訪ねるための実験だった。

博士がターゲットにしたのは、もちろん、初代ビリケンが鎮座する世界。だが、結局、この実証実験は、初めは、初代通天閣も「ルナパーク」も存在しなかった世界。次のは、何らかの事情で、僕らが知っているビリケンが「ルナ」の守り神にならなかった世界が現れた。今回の発明品が、どの程度の精度かよくわからないが、現時点で、博士が目指すパラレルワールドに到達していないのは確かなようだ。

心許ない結果に終わったが、今回博士が発明したアイテムは、「いつでもどこでもパラレルワールド」という（なんと安直な。メタバースのときと同じだ）ナビゲーター付きパラ移動装置。以前開発した「精神離脱融合装置（ただし四十八時間の使用制限付き）」をベースに作られたものだ。なるほど。だから、途轍もない「非常識エネルギー」を持つサイコが動力源として、Ｔｅａｍビリーに必要不可欠だったのか（何のこっちゃ？　チンプンカンプンの読者は、お手数ですが、前著『ハイ、こちら、暇人クラブ―徐福のお宝を追え』をご覧あれ）。

博士曰く、この略して「ナビパラ」は、暦日あるいは特定の人物や場所、イベントをキーワードに、無数に分岐するパラレルワールドをネットサーフィンのように移動し、あっと言う間に、ロックオンしたターゲットに到達する優れモノ……だそうだ。ただ現段階では、ナビ機能が不完全なため、的外れとは言わないが、核心点から少しピントズレした位相に出てしまうようだ。

「ビリケーン」が鎮座する「ビリケン堂」周辺は、意外に人気《ひとけ》が疎らだった。さすがに、この時代、オカモトタロー的発想は先鋭すぎて、世間受けしなかったのだろうか。しかし、人通りが少ないとはいえ、擦れ違う人の目に、ビリーの面々は、外国人を見る以上に奇異に映っているに違いない。とりわけ「Kyou・Amano」の最新ファッションに身を包んだサイコの姿は、ＳＦの宇宙人と言っても過言ではないだろう。

実験が済めば、長居は無用と、博士が手にした紐を引っ張って、チンチンチンと三度、ベルを鳴らした。

どうやら、それが合図のようだ。摩訶不思議。一瞬にして、目の前から「ルナパーク」が消え、「ビリケン堂」は「ビリケン神社」に戻った。

「さすが、博士。タイムマシンでは、未来が変わります。でも、パラレルワールドなら、変わらない」

頷きながら手を打つダビンチ君に、博士は、

「……ト言ウカ、変エタ未来モ、変ワラヌ未来モ、ドチラモ変ワラナイ」

禅問答みたいに答えた。

「人が、ある時点で、選択した結果は、それぞれが並行して存在する。だから、選択肢の数だけ、併存する別々の現実世界、パラレルワールドがある……ということですね」

スイッチが入ると、博士とダビンチ君の会話はハイレベルで、誰も付いていけない。

「ソウ、『シュレーディンガーノ猫』ノ譬エダ」


博士の言う「シュレ……」何たらとはこうだ。箱の中に、猫と五十パーセントの確率でその猫が致死する装置を入れたとする。猫の生死は、箱を開けるまで誰にもわからない。これを、事実が未確定のため、複数の可能性のある世界が重なり合う状態と言う。箱を開けていない世界とは別に、①猫が生存する世界と、②猫が死亡した世界の二つのパラレルワールドが存在することになる。ただし、ここで重要な点は、「一人の人間が認識できる世界は、唯一つだけ」。この万有引力にも匹敵する脳科学（と言っていいかどうか）の法則が、厳然と立ちはだかり、パラワールドの存在は証明不可能というわけだ。

それからもう一つ、パラレルワールドなら、タイムパラドクスの問題が解決できると、博士は言う。例えば、夫が運転する自動車が交通事故に遭い、同乗の妻が死亡したとする。

悔やんだ夫が、妻の死をなかったことにしようと、過去にタイムトラベルして、事故当日、車の運転をやめ、その結果、妻が生存する世界に戻ってきたとする。これは、①過去に戻る選択をした世界から、②妻が死ぬ前の世界に行き、③妻が死なない世界に戻った（正確には行った）という、似て非なる三つのパラレルワールドが存在し、その三つの世界を渡り歩いてきたことになる。だから、百年前の「ルナパーク」に行って、そのままビリケン像を持ち帰ったとしても、無数に枝分かれする未来に、何一つ影響を及ぼすことはない。言葉を換えれば、真っ新《さら》な別の未来がもう一つできるということなのだ。

「理論上ハ……」

と、博士は笑って見せた。

「タトエ、別ノパラレル世界デ、生キ直ス人ガイタトシテモ、人生ハ一度切リニ、違イハナイ。一度切リダカラ、命ハ、限リナク尊ク、限リナク愛シイ」

何だか最後は、哲学君が語りそうな形而上論で締め括られたが、その言葉に籠められた想いの深さは、五年前、博士を襲った不幸を知る者の心に沁みた。

「ネェ博士、これ使お」

湿っぽい話を跳ね返すように、

「これ使って、ビリーちゃん、探しに行こ」

サイコが、弾けた声を上げた。

「ターゲットの命中精度は、高くないかもしれませんが、今のテストで、無事に戻れることは、実証できました」

「イヤ、戻ッタノデハナク、別ノ世界ニ、来テシマッタノカモシレナイ」

「なら、余計、後戻りできひん。行くっきゃないやん！」

確かにサイコの言うとおりだ。それに、博士の実験に加わらなかった僕の心に、仲間の記憶が消えずにあるのだから、おおむねは、実験前と変わらぬ世界に戻ったと言えるのではないか。

「阿弥陀様の御心のままに……」

数珠を鳴らす和尚さんに、わかったというふうに、博士は二、三度頷いた。


超常現象に詳しいダビンチ君のネット情報によると、パラレルワールドへの行き方はいくつかあって、ネットでは、①エレベーターを使う。②異世界と繋がる「六芒星」（旧陸軍や陰陽師・安倍晴明の「五芒」を上回る）に飽きたと書く。③鏡の魔力を使う。そして最後に、④潜在意識にアクセスし波長を変える（周波数と波動の変位）などの方法がよく知られている。

どれも怪しげだが、博士が開発した「ナビパラ」は驚くなかれ、④の周波数と波動の変位を利用したものだという。全ての事物・事象は固有の周波数を持つ（波動の法則）。だから、自分が持つ周波数を潜在意識を変えることにより、目的のパラワールドの周波数にチューニング（波動の共鳴）すれば、同じ波長のパラレルワールドにシフトチェンジできる（引き寄せの法則と場の変位）という理屈だ。

「そうと決まれば、博士、早く早く！」

行く気満々のサイコ。

「イヤ、コノママデハ、目立チ過ギル」

言葉を切って博士。サイコの頭の先から爪先まで眺めつつ、

「カムフラージュノタメ、『チンチン電車』ヲ、貸切予約シテオイタ」

ん？　ひょっとして、博士がさっき鳴らしたベルは、チンチン電車の発車ベルか。そう言えば、いつだか哲学君が、昔阪堺電車の車掌が使ったというベルを、ヤフオクで手に入れたと言っていた。

「阪堺上町《うえまち》線、今カラ三十分後、十二時四十五分天王寺駅前、始発ダ」

スマートウォッチを見ながら博士。やっぱり「チンベル」か。

「なら、お昼の駅弁、買ってこ」

「愚僧、明石の『ひっぱりだこ飯』を所望」

「ンじゃ、わたし、米沢の『牛肉どまん中』」（オイオイ、君ら、全国駅弁選手権かい！）

「心配無用、貸切電車ハ、駅弁ソノ他、車内販売ツキダ」

さすがは博士。抜かりない。

「十二時四十五分ですね。念のため、おぎんかあさんにメールしておきます」

何かとよく気がつくダビンチ君。『暇人』に参加してくれて、本当に助かっている。

ダビンチ君は、思春期の多感な頃に両親を亡くしたためか、大阪のオバチャン丸出しのおかんを母親のように慕い、何かと気遣っている。実子のハルクよりよほど孝行息子だ。

※

だが、こうなると、Ｔｅａｍビリーを外れた哲学君が、ますます悔しがるに違いない。新世界に越してきて初めて知ったことだが、哲学君は、隠れ鉄道オタク。「撮り鉄」「乗り鉄」いろいろあるが、無類の「レト鉄」ファンだ。阪堺電車の前身、大阪馬車鉄道の開業は一九〇〇年（明治三十三年）の古さ。しかも、昭和初年の製造車両・モ１６１形が、今なお現役走行しているのだから、オタクファン垂涎の的。哲学君が休日こっそり、終日フリーパスで、阪堺電車を乗り回しているのは、非公認ながら、半ば公然たる事実だった。

「出ッ発～ツ、進行～！」チンチ～ン。

合図の二度ベルを鳴らし、車掌台の窓から身を乗り出す博士。ホームで見送る駅員に対し、喜々として発車の手信号を送った。

滑り込みで間に合ったおかんを含め、メンバー全員が、そんな博士をポカ～ンと口を開けたまま眺めていた。

カムフラージュの旅行気分は理解できるが、何で阪堺電車なのだろうと思っていたら、理由はこれか。哲学君のチンベル以外にも、いつの間に用意したのか、博士は、乗務員の制服・制帽を身に纏い、かつて路面電車や乗合バスの車掌が使った、黒革の大きなガマ口を首からぶら下げ、貸切列車が発車した後は、手にした切符バサミを、チャカチャカと小気味よく鳴らしていた。なるほど。まさか博士が、「路面鉄」の「乗務員鉄」だったとは……青天の霹靂だ。

「へぇ～、アインちゃんも、うちの源とおんなじ、けったいなやつや」

我に返ったおかん。息子も他人も関係なし。みんな一刀両断に袈裟斬りだ。

「まぁ、なんでもええわ。ほれより、弁当《べんと》、弁当！」

言うが早いか、サイコと二人、車掌台の脇に堆く積まれた駅弁の山から、牛飯、釜飯、カニ飯、穴子飯……飯・飯・飯と、めぼしい駅弁を片っ端から抱え込んで、挙げ句には、靴を脱いで、車窓に向かって子供座り。博士の意図とは別に、貸切車両にして正解だった。

それにしてもおかん。朝席がハネた後、福團治師匠に誘われ、早めのお昼に鯛飯をご馳走になったから、出発ギリギリになったと言ったくせに。まだ、それだけ食べる気か。この子にしてこの親ありか。負けず劣らず、食欲旺盛な母子だ。

阪堺電車は、大阪に唯一残る全区間の路面電車。昔から、一駅、二駅、サンダル履きで、気兼ねなく利用できる庶民の足として、親しみを込め、「阪堺のチン電」と呼ばれた。恵美須町始発の阪堺線と、天王寺駅前始発の上町線が、住吉大社近くの住吉停留場でいったん合流した後、大阪と堺を分かつ大和川手前のあびこ道で折り返すか、あるいは、そのまま大和川を越えて、終点の浜寺公園前まで行く、二つの路線があった。

路面軌道の性質上、一般の鉄道路線に比べ速度が遅く、移動時間はかかるが、阪堺の運賃は、始発から終着まで全区間一律２３０円で、随分リーズナブルだ。それに貸切料も、驚くほど割安だった。

これから目指す場所は、現世の乗り物では辿り着けない。だから行き先など、どうでもいいことなのだが、「出発・進行」の号令をかける以上、一応は決めておこうと、博士は、終点・浜寺駅前行きの臨時列車に設定した。

Ｔｅａｍビリーが乗車した車両は１００１形、通称・堺トラムと呼ばれる最新型だ。低床で車椅子の乗降が楽だった。「レト鉄」の哲学君と違って、「乗務員鉄」の博士は、おそらく旧車両への郷愁より、実利を優先したのだろう。博士が堺トラムにした理由は、自動運転装置が取り付けやすい構造をしていたからだ。如何な博士でも電車の運転免許は持たないから、「ルナパーク」跡に来る前、手回し良く駅に立ち寄って、事前に自作の自動運転装置を装着していたのだ。

貸切だから、途中停車の必要はない。もっと速度を上げてもいいようなものだが、駅弁頬張りながらの遠足気分のためか、サイコが「ビリケン号」と名付けた貸切のチン電は、カタコトカタコト、自転車並みのペースで路面軌道を進んでいた。

阪堺上町線は、住吉大社の手前の神ノ木停留場辺りまで熊野街道沿いを走る。始発駅の天王寺駅前を出た「ビリケン号」は、すぐ目と鼻の先の阿倍野から、松虫・東天下茶屋・北畠と、松虫塚や安倍晴明、南朝の名家・北畠氏所縁《ゆかり》の史跡が点在する沿線を通過し、土木遺産に認定された姫松停留場に差しかかったとき、一層速度を落とした。

駅弁の箸を止め、サイコはじっと車外の風景を凝視した。視界の端に鄙《ひな》びた姫松の待合が見えた。そこは、彼女の想い出が詰まった場所だった。

姫松を過ぎ、交差する南港通を越えた辺りで、サイコは振り向きざま、車掌になりきった博士に、ニッコリと笑いかけた。

（全部お見通しなのね、博士）

と、その目は語っていた。

姫松から先の帝塚山界隈は、上町台地の西端に位置し、上町線を挟んで西は、かつてお嬢様学校として名を馳せた帝塚山《てづかやま》学院など、古くから文教施設が整った高級住宅街。片や万代池《まんだいいけ》のある東側は、それとは対照的に、昔ながらの木造家屋が軒を連ね、下町風情が色濃く残る、なんとも不思議な空間だった。

「ビリケン号」は、帝塚山を過ぎ、一般道から専用道に入った。車内後部に置いた90リットルのポリバケツは、ビリーの面々が平らげた駅弁の空箱やペットボトル、果物のヘタ、お菓子の包み紙で溢れていた。

頃合いと見てか、

「博士、そろそろ目標の周波数に合わせましょうか？」

とダビンチ君。車掌気分を満喫する博士に声をかけた。

大きく頷いた博士。ハンドマイク片手に、

「出ッ発〜ツ、特急・ビリケン行キ〜！」

と、車内放送するとともに、波動共鳴のため、「チンベル」を三度鳴らした。

「チンベル」は、二回が路面移動、三回がパラレルワールドへの転位、あるいは、元の世界への帰還の合図だ。二回目のとき、博士は一瞬、ベルを握る手指が内側からビリビリと痺れてくるような違和感を覚えたが、次の三度目を鳴らしたら、すぐに元の感覚に戻った。

「ソロソロ潮時カ」……喉の奥で呟いて、博士は、無意識に手指をさすった。

貳

車軸を流す太い雨が、ピタリとやんだ。路面に叩き付けられた水飛沫のため、ほんの数間先が茫漠としていた視界が、嘘のように晴れ晴れと見渡せた。

車線の数や道幅、交通量からして、幹線道に違いないが、どうやら信号機は設置されていないようだ。代わりに、大きな交差点では、箱台に乗った厳めしい警察官が、警笛を鳴らしながら、手旗信号で交通整理していた。後で知ったことだが、日頃僕らが目にする三色の自動式信号の原型が導入されたのは、昭和に入ってからのことだという。

大雨による停滞か、あるいは、この先のどこかで事故でも起きたのだろうか、「ビリケン号」は、長い車列の中に埋もれて停まっていた。

午睡から醒めたサイコとおかんが、雨の冷気が残る曇りガラスを指で擦って、車窓越しに外の景色を眺めた。

真横に、碧《あお》色のボンネットバスが、轡《くつわ》を並べるように停車していた。車内の様子は朧げだが、目を凝らすと、紳士風の山高帽やいがぐり頭、あるいは、女物の釣鐘帽子や女優髷、ハイカラさんヘア……と、とりどりの髪形をした乗客たちで満席の状態だった。これも後に知ったが、通称「青バス」と呼ばれたこのバスは、大阪乗合自動車という民間が始めた大阪初の乗合バスで、二年後に開業した大阪市バス、通称「銀バス」と併せ、市街地に張り巡らされた路面軌道とともに、『大大阪時代』の交通インフラを支えたという。

　ボンネットバスの前方に視線を伸ばすと、路肩にバス停の標識と「質」の暖簾を掲げた商家が見えた。店の軒先には、一組の親子連れと思しき姿。おそらく雨宿りしていたのだろう。お河童頭に白い前掛けをした女の子の、びっしょり濡れた身体を、父母らしき男女が、代わる代わる手拭いで拭っているふうだった。

「『共楽園』の帰りに、降られたんかいな？」

「『きょうらくえん』って？」

「戦前、近くの万代池にあった、ちっちゃい遊園地や」

　サイコの疑問に、そう答えるおかん。

「昔、大相撲が、東京と大阪に分かれとった時分のことや。大坂相撲のな、大関張った力士が、自力で、遊園地こしらえよったんやと」

　さすがおかんだ。大阪の故事や雑学に詳しい。

　バス停の近くの道路脇では、網代笠に墨染直綴《すみぞめじきとつ》、首から頭陀袋《ずだぶくろ》を提げ、手甲・脚絆、草鞋履き、錫杖を手にした十人余りの托鉢僧が、横一線に並んで、道行く人に喜捨を乞う様子が窺えた。

「比叡山か、高野山かいな」

「まさか、ここまで歩きで？」

「そやで、托鉢は、修行やさかいな」


サイコとおかんが、暇に任せて雑談しているうち、軌道を塞いでいた前方の車両がようやく動き出した。僕らのチン電「ビリケン号」も続いて発進し、その振動で車内の吊り革が前後に揺れた。

「年代ハ、大正末カ」

ガラリと様変わりした車内を見回しながら、呟く博士に、

「おそらく」

ダビンチ君が大きく頷いた。

それと気付いたサイコとおかんも、車内に目を転じたが、和尚さんだけは、依然として瞑目したままピクリとも動かなかった。

改めて車内を見渡すと、最新型・堺トラムの「ビリケン号」は、いつの間にか旧型の木造車両に姿を変え、運転席の窓枠上にモ１０１形の型番プレートがはめられていた。

上塗りして間がないのだろう、車内全体に年配の者には懐かしいニスの臭いが漂い、テ

カった壁一面に、レトロ・モダンなポスターやチラシ広告が貼られてあった。

一見、熟年層の懐古趣味のようだが、かえってそれが、僕らの世代には斬新に映って、サイコは、車内広告の一つ一つを目で追いながら、つぶさに内容を確かめていった。

前方の壁には、例えば、「大阪名所遊覧、所要一時間半、婦人案内人附」と記されたポスター。背景に、先ほど隣にいたのと瓜二つのバスの絵が描かれて……ならば、あのバスは、大阪遊覧の最中だったのかもしれない。ほかにも、黒ラシャ防寒着の「誓文払い」（大安売りのことらしい）の宣伝や、「冷やしコーヒ・一杯〇銭」と大書された純喫茶の広告とかが貼られていた。

また、後部座席に目を転じれば、こちらは観劇・娯楽施設の宣伝のようで、「ラヂューム温泉劇場・八月公演、納涼大レビュー（ヴァージニア嬢・特別出演）」や、千日前・楽天地の「上等兵志願、切支丹お蝶」の映画予告。はたまた、道頓堀・角座《かどざ》の「志賀廼家淡海劇」や吉本興行部・法善寺紅梅亭「染丸・三木助・春團治」の寄席演芸。そして最後尾には、四ツ橋・市立電気科学館（プラネタリウム）「納涼夜間開演午後七時半より」のポスター。この辺になると、僕らの親世代が、寝物語に話してくれた思い出話にあったような気がする。

「法善寺はんの紅梅亭やて、いや、懐かしわ～」

昔の定席小屋の案内を見上げながら、感慨深げにおかん。

「冴ちゃんも、春團治師匠ぐらい、知っとるやろ」

僕もサイコも、寄席好き、演芸好きのハルクから、名のある師匠連の十八番《おはこ》は、アナログ音源を含め、一通り聴かされていたから、爆笑王の初代・春團治はわかるが、染丸、三木助と言われても、全く見当も付かない。

「染丸師匠も、跡目が東京にいった三木助師匠も、二代目や。『浪花三友派』の梁山泊、紅梅亭や。桂派・三友派が、凌ぎを削った、上方落語の黄金時代やで」

「さっき、博士、今、大正末期って、言ってたけど、おかん、もう生まれてた……とか？」

「んな、アホな」

慌てておかん。ヒョウ柄単衣《ひとえ》の袖口を大袈裟に振って見せた。

雨上がりの青空。「大大阪記念博覧会」と「ＪＯＢＫラヂオ試験放送」の成功を祝う字幕に、商品広告を添えた化粧品会社の、紅白アドバルーンが瑞々しく映えた。

バルーンに描かれた「大大阪記念博覧会」とは、第二次市域拡張の結果、首都・東京市を抜いて、人口二百十余万人にまで膨れ上がった『大大阪』の誕生を記念し、当時の大毎新聞（大阪毎日新聞）が主催した記念事業だ。

大阪を舞台にした万国博は、一九〇三年（明治三十六年）開催の『第五回内国勧業博』に始まり、『大阪万博（EXPO'70）』、次は『２０２５大阪・関西万博』と、数十年に一度の割で受け継がれることになるが、魁となった『内国勧業博』跡の天王寺公園と大阪城の二会場において、件の「大大阪記念博」が、約一月半にわたって開催された。この博覧会の成功が、「ルナパーク」閉鎖後の新世界の盛況を支え、また、大阪城会場の天守台跡に建てられた「豊公館」が、後の天守閣復興に繋がった。それから、ＪＯＢＫは現在のＮＨＫ大阪放送局のことで、記念博の終了後ほどなく、三越百貨店の屋上から試験放送が実施されたということだ。

停滞から脱した「ビリケン号」は、緩やかな弧を描きつつ軌道をひた走って、神ノ木を過ぎ、住吉停留場へと差しかかった。

奥行きのないホームに、二列横隊に整然と並んだ制服児童の塊が、次第に大きく映ってきた。男子は黒の詰め襟、半ズボンに、校章入りの学生帽。女子は紺の丈長スカートに、白リボンを巻いたバケットハットを被っていた。少し離れたホームの端には、引率教師と思しき長身の外国人女性が、背筋をピンと伸ばして佇立していた。

「どこの子やろ？」

「帝塚山ちゃうか？　知らんけど」

出た、おかん得意の「必殺！　無責人（任）」……でも、本当は、知っていて言っているのだろう。これが大正末の世界だとすれば、小学低学年らしき生徒の洋式制服の姿は、それ自体珍しい光景に違いない。時代的には羽織袴か私服の絣か、和装が普通だろう。

「そっか、さっき、おおきな学校の、門の前、通り過ぎたやんね」

サイコの言葉どおり、帝塚山の幼稚園は今も上町線に面し、幼稚園の後ろに小学校の校舎が建っていた。

電車待ちする男子児童の何人かが、通過する貸切列車を恨めしげに眺め、それに気付いたビリーの面々は、揃って「ごめんね」と、窓越しに頭を下げた。

「帝塚山ってな」

おかんが、思い出したように言葉を継いだ。

「昔っから、高級住宅地やが、船場の木綿商が、ぎょうさん豪邸建てたんが始まりやて。ほんで、集まってきた木綿問屋の、金持ち旦那衆がな、協力して、帝塚山学院、こしらえたって、いつやか、亡くなった米朝師匠から、聞いたことあんねん」

生き字引だった米朝師の言うことだ。おかんも船場の住人だし、確かなことだろう。帝塚山の、年齢的には尋常小学校の一、二年が、住吉大社か住吉公園か、校外学習に出た帰りと言ったところか。住吉さん（大社）はもちろんだが、住吉公園の歴史も古い。明治の初め、この路線の終点・浜寺公園とともに、大阪初の府営公園に指定されたと聞く。

住吉停留場を後にした「ビリケン号」だったが、次の鳥居前で突然停まった。この貸切車は、ノンストップで終点の浜寺駅前へ向かう自動運転にセットしてある。だから、警察官の交通整理か、先ほどのような不測の事態でもなければ、途中停車はない。あとは、目的地に到着したときのみ停車する仕組みになっていた。

今回、博士が開発した「ナビパラ」は、理論上ターゲットのパラレルワールドに転位したあと、移動運動が止まった地点が一応の目的地となる。ただし、ナビの精度が良くないため、午前の「ルナパーク」のビリケンと「ビリケーン」、一字伸ばしで大違いのように、パラレルワールドの位相にズレが出ることがある。要するに、大体はこの辺だろうとアバウトに理解して、それ以上細かいことは気にするなということだ。

「どうやら、着きましたね」

「ソノヨウダ」

「いよいよ、ミステリーツアーのはじまりやん！」

サイコが小躍りして喜んだ。そう言えば、この前、ビリケンおやじが宣伝に持ってきたパンフレット。阪堺の「特別企画・路面電車ミステリーツアー」の募集を、穴が開くほど見ていた。

そんな無邪気なサイコに、笑って頷くダビンチ君。隣で「行こ、行こ！」と、拳を突き出すおかんと、相変わらず瞑想に耽る和尚さん。最後に、現世を旅立った後、すっかり身体の違和感が消し飛んだ博士。いざ出陣とばかり、キリリと表情を引き締めた。

※

蟬時雨を掻き分け、笙《しょう》・篳篥《ひちりき》の、凛とした音色が、広い境内に響いた。本宮の社を背に、捧げ提灯、祓い人形の行李に先導された神官・巫女が、手に手に榊を持ち、その後に続いて、中世室町期の装束を纏った夏越女《なごしめ》と稚児が列をなし、大きな茅の輪を潜り抜けて行った。

「茅の輪くぐり」の行列の先、本宮前の鳥居から反橋《そりばし》（太鼓橋）を渡れば、表参道。その道の左右に、びっしり吊り下げられた祭提灯と軒を連ねる露店の姿。よほどの書き入れ時なのだろう、露店の群れは、反橋の袂から西の大鳥居を越え、阪堺の鳥居前の停車場まで、途切れることなく続いていた。

「今日は、なんでも、好きなもん、買《こ》うたるで」

「お父《と》ちゃん、それほんま？」

参道を行き来する人波に押されながら、丸刈り頭の男の子が、目を輝かせて、父親の袖

を引けば、
「今日はな、摂津国の一宮、住吉っさんの、年に一度の『お祓い』や」
と、着流し姿の父親が、威勢良く子供に答えていた。

思い思いの「モガ・モボ」衣装に着替えたサイコと博士、ダビンチ君。そして、この時代まだ刺激が強すぎるヒョウ柄単衣のおかんと、時代を超越した墨染衣の和尚さんは、そのままの恰好で、Ｔｅａｍビリー全員打ち揃って、心誘われるままに「夏越祓《なごしはらえ》」最中の、「茅の輪くぐり」の見物の輪の中にいた。

年代は異なるが、「ナビパラ」を使う前と同じ日付に転位してきたようで、今日は七月末日。今日、明日の二日間が住吉祭だ。おかんによると、一日目の「夏越祓」は、「住吉の夏越の祓する人は千歳の齢《よわい》延ぶと云うなり」という古歌を唱えながら、三度、茅の輪を潜り、無病息災を祈る神事が行われる。二日目の明日は、「神輿渡御」。住吉大神の神霊を遷した神輿を担いで、紀州街道を南下。大和川を渡って、堺の宿院にある頓宮《とんぐう》まで運ぶ。

住吉大社の夏祭りは、天神祭（大阪天満宮）、生國魂《いくたま》祭（生國魂神社）と並んで、大阪の三大夏祭りの一つだ（一説では、生國魂祭の代わりに、愛染堂勝鬘院《あいぜんどうしょうまんいん》の愛染祭）。然もありなん。住吉大社は全国住吉神社の総本社だし、初詣の人出も例年、伏見稲荷に次いで西日本で二番目だと聞く。

参道を歩く道すがら、「住吉の高灯籠」（この時代は復元移設前のもの）を指差しながら、おかんが言うには、大阪湾を埋め立てる前、現在の阪神高速堺線の向こうは海だった。住吉大社の先が海岸で、歌川広重の浮世絵に描かれたような、白砂青松の美しい風景が広がっていた。だから当時は、この高灯籠が、行き交う船の灯台代わりになっていたと、見てきた如く解説した後、おかんは、また「知らんけど」と付け加えた。さすがにここは「知らんけど」が本当だろう。

夏越女、稚児の「茅の輪くぐり」が一段落して、一般の参詣者が加わった頃合いに、境内の北の方から、「ドドドンドン」と櫓《やぐら》太鼓の音が鳴り響いた。

「大海《だいかい》さんの方やな」

何か思い当たる節がある素振りで、

「行ってみよか」

とおかん。人波を掻き分けて歩き出したので、みんな、はぐれないように固まって、ヒョウ柄着物の後に続いた。大きく前脚を広げて雄叫びを上げる、ド派手な豹の絵柄は、こんな人混みの目印にはもってこいだった。

当然の話だが、「ナビパラ」で転位してからは、スマホは通信不能だ。用意周到な博士だから、不測の事態を想定し、彼とダビンチ君が、非常用の通信装置を別々に携行した。

とはいえ、未知の世界は集団行動が不可欠で、そういう意味では、サイコとおかんは要注意だ。通信装置の片方は、二人のどちらかに渡す方が賢明かもしれない。

おかん曰く、本宮の北に、海の神を祀る摂社・大海神社の社殿がある。確か社殿の手前に、昔から相撲場の土俵があって、今し方聞こえたのは、奉納相撲の一番太鼓だろう。

人垣の間から、浜風に揺れる、色とりどりの相撲の幟が垣間見えた。

「ごめんやっしゃ」と、土俵周りの人集りを掻き分けつ、先導役のおかんが、無理やり、見物場所を確保した後、

「相撲の幟《のぼり》ってな、根岸流ちゅう書体なんやて。わてらの寄席文字よりか、カッチリしてんねん。先代の、春團治のおっ師匠《しょ》さんが、そないなこと、言うてはった」

と、またも請け売りの故事・雑学を披瀝した。

「オカンヲ、コノチームニ加エタノハ、大当タリダ」

メンバー選考した博士が、自画自賛するように手を打った。集団行動を外れるリスクを差し引いても、おかんの耳学問が、これほどこのミッションにフィットするとは、誰にも予測できなかっただろう。

土俵を囲む人の輪が、十重二十重となって、立錐の余地がなくなった。

土俵の四隅には、それぞれ青・赤・白・黒の布を巻いた太い柱が立って、社殿を模した屋形造りの屋根を支えていた。

青柱の下（青房下）から、着物を尻からげした呼び出しが、一つ柝《き》を打ったのを合図に、小粋に法被を羽織った若衆が、これから始まる奉納相撲のチラシを威勢良く、櫓の上から犇く見物人の頭上へ振り撒いた。

長身の貴公子・ダビンチ君が素早く腕を伸ばし、宙を舞うチラシを何枚か掴んで、皆に配った。

納奉〆納見　撲相坂大　組取好乃死必　ツ搏相弾肉　見必

「なに、これ？　日本語？」

横書きチラシの冒頭に首を捻るサイコ。

「ハルクの作文みたい。チンプンカンプンで読まれへん」

確かに、戦後八十年近く経った今、戦前の右横書きの読み辛さはわかるが、ハルクの作文と比べるのは、いくら何でも失敬だ。……無論、ハルクに対してではない。

大坂相撲は、江戸中期まで、江戸の大相撲を凌ぐ勢いだったが、その後、衰退の一途を辿る。乾坤一擲、一九一九年（大正八年）、新世界「ルナパーク」の南、現在のスパワールドの辺りに相撲興行の常設館「大坂国技館」を建設。一万人収容を謳い文句に起死回生を図るも、僅か六年後の本場所を最後に興行を停止。大坂相撲は解散し、所属力士は、東京の大日本相撲協会に吸収された。故に、この奉納相撲は、撒かれたチラシのとおり、本当に大坂相撲の見納めになった。もちろん、このときの見物人は、Ｔｅａｍビリーの面々を除き、誰も知る由はなかったが。

呼び出しが、再び柝を打った。チラシ撒きの法被衆は、身を翻して、素早く櫓から走り降り、土俵の向正面に消えた。チラリ覗いた法被の背には、マルに十の字の轡の家紋だか社章だかが描かれ、紋章の下は、さっきおかんが言った根岸流と思しき書体で、大きく「田村駒」と染め抜かれていた。「田村駒」が、この相撲の奉納主ということだろう。

「『田村駒』って？」

裸眼視力左右２・０。サイコが目敏く気付いた。

そもそも今回のミッションは、依頼者の馨子の高祖父（清花御前の父）が彫刻し、「ルナパーク」に奉納したビリケン像の捜索だが、僕らの予備知識では、そこに繊維商社「田村駒」が深くかかわっていて、特に創業者の田村駒治郎は、自社にビリケンを祀るほど贔屓にしていた。もし、法被の「田村駒」が、その「田村駒」だとしたら……。

「せや、あの『田村駒』や。ビリケンちゅうより、モスリンの『田村駒』の方が、通りはええがな」

意を察して、おかんが口を開いた。

「『鶴亀』の、お師匠《しょ》はんの近くやし、隠居しはった三代目の社長が、寄席好き、芝居好きでなぁ、まんざら知らん仲やないねん。あの轡の紋、間違いあらへん。せやけど、初代の駒治郎はん、こない相撲に、肩入れしとったとは、知らなんだ」

向正面に消えた法被衆の行方を目で追うと、ステッキ片手に奥の貴賓席に陣取った、紋付袴の威風堂々とした老紳士に駆け寄って、何やら報告しているように見えた。

ちょうど頃合いの高さなのか、小太りの和尚さんの肩口に手を置き、背伸びしながら、遠目に貴賓席を覗き込んだおかん。

「あれが、初代の駒さんやな。社長室に飾ったたった写真と、おんなじ恰好《かっこ》や」


そうこうするうちに、三度《みたび》、柝が鳴った。

「あっ、浮かんできた！」

柝の音《ね》に触発されたように、唐突にサイコが口走った。

「三階建ての立派なビル。大っきな玄関に車寄せ。黒塗りのハイヤー。白足袋、雪駄に、利休帽の茶人？　……じゃなくて、片手にステッキ。真っ白なワイシャツに、蝶ネクタイ。ピンと糊が利いて、アイロンしたて、皺一つない、黒のタックズボン。……んで、ビルの中から、ちりめんの着流しに、角帯の茶人？　……違う違う。白髪頭の、うん、大番頭さん。大っきな行李抱えて。中は……」

脳裡に浮かんだ真っ新な映像を一つ一つ確かめるかのようにサイコ。そして、最後に、

「中はビリケンさん！　ビルの看板は、『田村駒』！」

とキッパリ言った。

リアルタイムの透視か。はたまた近未来の予知能力なのか。本人にもよくわからないようだが、これが「サイキック（超能力者）」サイコの真骨頂だ。でも、近頃は、たまに外食に出たとき、馴染みの店の昼定食の献立を当てたりするくらいで、こんな核心的な予知を口にするのは、随分久しぶりだ。


土俵の上では、白扇を広げた呼び出しが、力士の四股名を読み上げた。まわし姿の巨漢の関取が十人ばかり、ぞろぞろと土俵の上で円陣を組んだ。正面の二、三人は、大銀杏に一際立派な化粧まわし。おそらく三役の力士だろう。

奉納相撲だからか、それとも、ほどなく解散の憂き目を見るためか、今の大相撲本場所とは比べものにはならない数の、こぢんまりした取組のようだった。

「『田村駒』の当主に、直当たりしますか？」

ダビンチ君が、博士の顔を覗き込んだ。

「行くっきゃない！」

横から口を挟むサイコを、博士が目で制して、

「イヤ待テ。直接デハ、不審ニ思ワレル。説明ガ面倒ダ」

と言った。

「それなら、冴さんの予知を信じて、様子見に、『田村駒』の会社へ行きましょう」

「洋装カ、和装カ……映像ノ乱レガ、少シ気ニハナルガ……」

一度言葉を切った博士だが、

「マアイイ。トリアエズ、和洋折衷……ニシテオコウ」

自らを納得させるように頷いて見せた。

「行くっきゃない！」

「行こ、行こ！」

所構わず、すぐにでも突撃しそうなサイコと尻馬に乗るおかん。和尚さんはと言えば、何か思い当たる節でもあるのか、口元を尖らせ、「ホーホーホー」と独り言ちていた。

Chapitre 3　troisième《トゥルワジエム》　芸術は呪術だ（by 岡本太郎）

「ホンマ、待ちくたびれたでぇ」

「p.74で、別行動になって以来、33ページぶりの出番だ」

待ってましたとばかり、いきなり楽屋ネタに走る商人君と、システム手帳の備忘メモを繰る哲学君。

「オレの作文、そんな下手クソか？」

負けじと、ハルクも割って入る。

「まさか、このままビリケンだけで、終わるんじゃないかって、冷や冷やしてた」

と僕。進行役としては、取りあえず胸を撫で下ろした。


さておき、僕ら凡人……もとい、Ｔｅａｍタローは、ハルクが首に下げた件の土偶人形・ジュニアの案内に従って、あれから地下鉄、モノレールと乗り継ぎ、ここ『大阪万博(EXPO'70)』跡地、万博記念公園に辿り着いた。

モノレールの改札を出た高架橋の手摺りに、「祝２０２５大阪・関西万博 公式キャラクター決定！」と大書された横断幕がかかり、幕の中ほどに、われらがダビンチ君が選考に加わった、あのキモカワイイ「ミャクミャク」が描かれていた。

橋を下り、万博公園の中央ゲートを潜ると、目の前が『太陽の広場』だ。色鮮やかな花壇と短く刈り揃えられた芝生の先に、背丈七十メートル、胴体部の直径・最大二十メートル、片腕の長さ二十五メートルに及ぶ、万博不滅のシンボル『太陽の塔』が聳え立って、降り注ぐ真夏の熱射を浴びながら、『黄金の顔』を燦然と輝かせていた。博士のバーチャル『太陽の塔』も精巧な出来映えだったが、こうして実物を目の当たりにすると、有無を言わせぬ、その存在感に、唯々圧倒されるばかりだ。

僕らの旅の相棒となったジュニアは、ただの土偶人形ではない。内部に精密機器が組み込まれていて、腰に巻いた『地底の太陽』ベルトのスイッチを押し、知りたいことを質問すると、即座に的確な回答や見解が返ってくる。どうやら、チャットＧＰＴを凌ぐ、次世代の対話型人工知能が搭載されているようだ。

万博公園へ至る道すがら、試しに『太陽の塔』の概要や評価について尋ねた。ジュニアによれば、万博当時は、『太陽の塔』の両横に、それぞれ『青春の塔』と『母の塔』のオブジェがあって、作者のオカモトタローは、これら全部を引っくるめて、三位一体の作品と言っていた。しかし、万博閉会後、『母の塔』は撤去、『青春の塔』は、一時期、「エキスポランド」、今の複合レジャー施設「ＥＸＰＯ ＣＩＴＹ」の場所に移設されたが、これも、いつの間にか撤去されたという。同じく行方知れずの『地底の太陽』とは、どうやら撤去時期も異なり、関連性はなさそうだが、今なら数千万から億単位の高値がつく、一級の芸術作品に対する当時の評価眼は、推して知るべし。まして、わざと『太陽の塔』本体の頭頂部に突き刺したが如き『黄金の顔』に籠められた作者の、生命に対する畏敬と礼賛の深慮を知らずして、三位一体の『太陽の塔』が、『人類の進歩と調和』への壮大なアンチテーゼだと、恥ずかしげもなく宣う識者に、真に『太陽の塔』を語る資格はないと、ジュニアのコメントは随分辛辣だった。

指定された時刻まで十分に時間があった。百聞は一見にしかずの譬え。僕らは待ち時間を利用し、二、三年前、一部再生された『太陽の塔』の地下空間を見学した。制作中のスナップ写真など、現存する当時の資料を手がかりに復元、一般公開された『地底の太陽』を観覧して、実物のイメージを脳裡に収めた。

見学後、ジュニアに復元物の感想を求めたところ、精巧に出来ているが、作者が籠めた呪術性は感じられない。所詮単なるレプリカで、オリジナルにはほど遠いと、冷ややかな見解が返ってきた。

それにしても腑に落ちない。博士があれほど精緻に再現したバーチャル『太陽の塔』なのに、あのとき、どうして『地底の太陽』が姿を消し、どこか別の場所に移したと示唆するようなメモが残されていたのか。TARO君の仕業でないのなら、一体誰が何のために、そんなことをしたのか。

これも道すがら、ジュニアに聞いたら、博士以外、そんなことができる知能と技術を持ち合わせる者は、この国にはいない。大宇宙に漂う塵ほどの僅かな確率だが、あのとき、いくつかの偶然が重なって、仮想空間ごとパラレルワールドに転位していたのかもしれない。さもなくば、もはや認知不能な領域で、全知全能の神の仕業としか言いようがない、との見解を示した。


『太陽の塔』を後にした僕たちは、今、お祭り広場のフードエリアにいた。

今日は「万博サマーフェスティバル」の最終日。本来なら、野外ライブや盆踊りのほか、日没後に打ち上げ花火やランタンフェアが催されるはずだが、第七波に突入した新型コロナの感染急拡大のため、めぼしいイベントは軒並み中止。僅かに、お祭り広場の「B級ラーメンEXPO」と恒例のフリーマーケットが、休日の人出を誘う程度で、それも入場制限付きだから、今年の「サマフェス」は、随分盛り上がりに欠けた。これで、日が暮れたら、通天閣同様『太陽の塔』が、真っ赤にライトアップされる。花火代わりと笑い飛ばすしかないが、大抵の家族連れは、もう少し陽が傾けば、そそくさと家路に就くだろう。

Teamタローが座を占めるフードエリアは、縦横二列、計四張りの特設テントをコの字形に囲むように、全国各地から集まった味自慢のラーメン屋台が十四、五軒、軒を連ね、口煩い京阪神のラーメン通の食欲を満たしていた。

かく言う僕たちも、こってり、あっさり、豚骨、醤油に、塩、味噌、つけ麺……と、好みに応じたラーメンを二、三杯は平らげただろうか。食いしん坊のハルクに至っては、目の前に積み上げられたスチロール椀の数を見れば一目瞭然だ。全品とは言わぬまでも、一通りの味付けを堪能したようだ。それでも、哲学君曰く、学生時代、僕らが噂に聞いた「超絶ラーメン」の味には遠く及ばないだろうとのことだ。


腹拵えは済ませた。僕らは散歩がてらに、辺りをブラつくことにした。

お祭り広場の北側に、万博当時、『太陽の塔』に突き破られた鉄骨の大屋根。オカモトタローが、大屋根の制作者、世界的建築家・丹下健三とガチバトルを繰り広げたと言う、あの因縁の建造物が、一部モニュメントとして保存されている。モニュメントの周囲には、定期出店のリサイクルショップや手芸、骨董のフリーマーケットなど、数十軒のブースが、距離を取って等間隔に並び、また、近くの管理棟の特設スタジオから流れる、「サマフェス」の実況ＤＪの声が、夏の熱波と行き交う人の温気に波打っていた。

いくつかのブースを冷やかし、暇潰しに衣類や小物・雑貨を流し見していた僕たちは、屋号もなく、明らかにこの場の雰囲気にそぐわない、アンティークな工芸品、神具・祭具等を扱う一軒の古美術店に目が留まった。しかし、不思議なことに、他の客には店の姿が見えていないかのようで、周りに人気《ひとけ》はなく、誰一人近付く者もなかった。

凛と張り詰めた空気が漂う、名も知れぬその店の前に、見えない力に引き寄せられるように、僕らは立ち止まった。

すると、相手も何か感じるものがあったのか、分厚い幔幕に覆われた薄暗い店の奥から、

「どれもこれも、掘り出し物ばかりじゃて」

僕たちを呼び止める主の、恬淡とした声が聞こえた。その声に促されるまま、僕たちは、店先の平台や棚に並んだ美術・工芸品、祭祀用の装束・器物の類いを見回した。

場所柄だろうか、少し毛色の違ったところで、奥の一角に、オカモトタローの作品のレプリカが置かれていた。今回の下調べやジュニアの説明などから、タローのオリジナル作品は、題名や形状、制作時期など、おおむね頭に入っていたが、中に一点、渦巻き雲を首に巻いたような陶器の置物があって、これもタロー作品だとすれば、初めて目にするものだった。

店に置かれた品物は、どれもこれも古色蒼然としているものの、値は張るように思われた。無論、僕らに鑑定眼などあるはずもないが、天宗の呉服や出入りの古美術商が持ち込む壺、掛軸の骨董は見慣れていたから、少なくとも露店のフリマに並べる代物ではないことは感知できた。ただ珍しいことに、個々の品物はもとより、商品棚や店のどこにも値札

というものが見当たらなかった。全品時価でもなかろうが、これでは全く商売気がないとしか言いようがなかった。

「お代は、ご随意に」

店主は他人事のように言って、懐手に、翡翠の勾玉を三つ巴に重ねた首飾りを取り出したかと思うと、中腰で着流しの袖をたくし上げ、ハルクが下げた土偶人形のジュニアの首にかけた。

「思ったとおり、似おうとる」

戸惑う僕らを煙に巻いて、主人は心地よさそうに笑った。

出張費を預かる僕が代金として、手元に帰りの交通費と、あとはジャリ銭しか残らぬ金額を手渡した。赤字続きの僕らには相当な金額だが、世間一般、この種の貴石を得るには、半分の額にも満たないだろう。とはいえ、誠意は伝わったと思いたい。

奥の暗がりに目が慣れるまで長居していたら、店主の身なり、貌付きがよく見えたかもしれないが、約束の時間が近付いたこともあって、僕らはそそくさと店を離れ、お祭り広場を後にした。

※

約束の人は、日本庭園に隣接した「国立民族学博物館（通称みんぱく）」の玄関先で、『太陽の塔』のように両手を広げて、僕たちの方に合図を送った。遠目に見ると、玄関脇の芝生にあるトーテムポールと同じ構図で、何だかおかしくなった。

そんな心の動きを察知したのか、銀髪の老紳士は、穏やかな笑みを浮かべながら、丁重に僕らを出迎え、開口一番、

「『太陽の塔』は、一説には、トーテムポールのインスピレーションから生まれたって、言いますから」

そう言って、人数分の名刺を手渡してくれた。そこには、「みんぱく」館長の肩書に添え、西都大学名誉教授と記されていた。

館長の説明では、トーテムポールは、北米大陸の先住民に受け継がれてきた木造彫刻。祖先と密接な関係にある動物や紋章を装飾した、遠祖から連綿と続く記憶の具象で、部族や家系によって彫刻される動物が異なる。玄関脇のトーテムは、カナダの先住民「クワクワカワクゥ民族」に属する一家のもので、上部が鷲、中央に双頭の海蛇、下半身は鮭を抱いた熊の姿がデフォルメされている。なるほど。そう言われれば、何だか『太陽の塔』の

三つの顔を想像するに難くない。

館長は『大阪万博』当時、駆け出しの文化人類学者として、『太陽の塔』の地下、あの『地底の太陽』が展示された『いのり』空間のプロデュースに参加した経歴を持つ人物だった。

「ご足労願いましたが、正直、お役に立つ話はできそうにありません」

期待を持たせてもいけないと、館長は、最初にそう断ってから、

「話は、後ほどゆっくり。せっかく訪ねていただいたのですから、ひと通り、館内をご案内しましょう」

と、先に立って歩き始めたので、僕らは館長の後について、エントランスホールから二階の展示場へと上がった。

展示場は、ざっくり三つのブロックに分かれ、一つ目がオセアニア、欧米、アフリカ、西アジア、次が南アジア、東南アジア、最後に朝鮮半島、中国、中央・北アジア、アイヌ、日本の順になっていた。おそらく文化人類学的な観点か、風俗慣習の伝播に沿った分類なのだろう。

「文化人類学って、世界の果てまで行ってこい、みたいな、文字どおり、地球規模の学問なんです」

そう言って、第一ブロック、オセアニアの展示室に、僕らを招き入れた館長。

「だから、フィールドワークの中心をどこに置くか、好き勝手、選び放題なんですよ」

と笑った。

「私の専門分野は、このオセアニア。特にメラネシアで、長らくパプアニューギニアを、活動の拠点にしていました」

南半球のオセアニアは、オーストラリア大陸を中心に、メラネシア・ミクロネシア・ポリネシアの地域に分かれる。メラネシアの西の端、東南アジアとの境界に位置するパプアニューギニアは、首都・ポートモレスビーがあるニューギニア島（島の東半分がパプアニューギニア領、西半分がインドネシア領に分かれる）のほか、珊瑚礁に囲まれた一万近くの島々で成り立つ島嶼国家だ。南太平洋最後の楽園と言われ、メラネシア系をはじめ、パプア、ミクロネシア、ポリネシア系など、八〇〇を超す多種多様な部族が暮らす。

オセアニアの展示は、海の民を象徴するカヌーに始まり、幾何学的紋様が描かれたラピタ土器、鍾乳石で作った巨大な石貨、仮面、祭祀衣装が並んでいた。その一つ一つに丁寧に説明を加えた後、館長は、展示室の隅にある休憩ソファに僕らを誘い、

「皆さん、お若いので、ラバウルと言っても、ピンとこないでしょうが」

と前置きして、「ナショナル・マスク・フェスティバル」という、多数の部族が集まる祝祭の話をしてくれた。

館長によると、戦時歌謡の「ラバウル小唄」に歌われたラバウルは、ニューギニア島の東にあるニューブリテン島の都市。第二次世界大戦中に日本軍が占領し、航空隊の軍事拠点にしたことで知られるが、今から三十年近く前、複数の火山が同時噴火し、ラバウル市街を襲ったため、街の中心は別の場所に移って、旧市街は、火山灰に埋もれたまま放棄されたという。

祝祭に仮面を用いるという風習は、ホモ・サピエンスの拡散ルートに沿って、アフリカからインド、東南アジアを経て、南太平洋の島々に伝播したとされる。ラバウルでは、毎年七月、海を渡り様々な部族が集まって、各部族が崇拝する精霊の仮面を着け、民族舞踊「シンシン」を歌い踊る。これが「ナショナル・マスク・フェスティバル」という祝祭だ。

「仮面は、人に、不思議な力を授けます」

ハルクの首にかかったジュニアのゴーグル目を見やりながら、館長は続けた。

「仮面は、顔を隠し、正体を隠すと同時に、仮面が象る神や精霊、動物そのものが、その仮面を被った人に宿ると、信じられています」

館長曰く、仮面を表す英語の「mask」の語源を遡ると、「魔女」という意味のラテン語「masca」に行き着く。元々宗教的・呪術的起源を持つ言葉だ。仮面を着けることにより、自己を超越した祖先や神話上の人物と同一化し、現在という時間的制約から解き放たれて、自由に過去や未来へ往き来することができる。だから、祖先崇拝の儀式に使う仮面は、祖先がどのように生まれ、どのようにして死に、そして、甦ったのかを知るための必要不可欠なツールだ。仮面を用いた祝祭により、宇宙や世界の創造にかかわる部族神話を追体験し、その都度、神話は新しく甦って、無限の再生産を繰り返す。

「太平洋の島々に散らばる、オーストロネシア語族の祖先は、東アジアのモンゴロイド。中国南部から台湾に渡って、そこから、南太平洋の島々を繋ぎ、途轍もなく長い海の旅の果てに、パプアニューギニアまで辿り着きました。そして、同じ祖先が、黒潮と対馬海流に乗って、琉球や南九州、南紀の海岸に上陸したのです」

館長は、少年のように瞳を輝かせ、

「悠久の、歴史のロマンです」

そう言葉を結び、展示室の時計を見上げながら、ゆっくりと立ち上がった。

なるほど。桁外れに大きいとはいえ、僕らが行方を追う『地底の太陽』も、呪術的色彩を帯びた仮面なのだ。不思議なもので、そう考えると、『2025大阪・関西万博』公式キャラクター、あの赤と青の細胞を象った「ミャクミャク」でさえ、『地底の太陽』の延長線上にあって、選ばれるべくして選ばれたように思えてくる。さすが、ダビンチ君だ。彼の選考眼に狂いはなかったようだ。

「お時間をとらせました。勝手ながら、あとは、ざっと流し見して、最後に、貴方の兄弟を訪ねましょう」

館長は、悪戯っぽく笑い、

「このお人形さん、普通の『遮光器土偶』とは、ちょっと違いますね。仮面のように、なにかを宿しているような気がします」

そう言って、もう一度、ジュニアの顔を覗き込んだ。

展示物の観覧を終え、その後、四階の研究室へ移動して、本題の『地底の太陽』の話になったが、最初の言葉どおり、これはという有力な情報は得られなかった。ただ次に繋がるものとして、館長は、当時の『太陽の塔』内部の撤去作業を知る人物を紹介してくれた。

事前にジュニアに聞いた情報では、今では考えられない話だが、万博閉幕後、各パビリオンのスタッフらが、廃棄を名目にそれぞれ展示物を持ち帰った。もっとも、芸術的価値が高い物など、少数の展示物は、府内外の公共施設の文化財か観光の部局、あるいは、教育委員会が譲り受けたという。肝心の『地底の太陽』については、「兵庫県が譲り受けた」「兵庫県内のホテルにあった」「兵庫県の研修施設がある山中に廃棄された」など、様々な憶測が真しやかにＳＮＳ上に流れていた。ただ、このようなネット情報とは別に、今館長が紹介してくれた人物も神戸在住であることから、どうやら兵庫県が絡んでいる確率が、グッと高まったのは確かだ。

僕たちは、館長に謝意を示し、「民族学博物館」を後にした。

『地底の太陽』の行方は未だ闇の中だが、オカモトタローは、燦々と降り注ぐ太陽の輝きとともに、薄暗い地の底にもう一つの太陽を封じ込めた。

仮面の奥深さを語ることにより、『地底の太陽』が持つ祭祀性を、やんわり教えてくれた館長に、僕らはただ感謝と畏敬の念を抱くばかりだった。


帰りも、お祭り広場の中を通った。もう一度、勾玉の首飾りのお礼を言おうとしたが、どうしたことか、件の店があった場所は、ごく普通のリサイクル店にすり替わっていた。早めに仕舞って、別の店に後を譲ったとも考えられるが、あれは真昼の夢と思う方が、なぜだか真実に近いような気がした。もちろん、ジュニアの首にはしっかりと、三つ巴の勾玉が巻かれていたから、夢でないのは確かだが。

Chapitre 4　quatrième《キャトリエム》　自分の運命に楯を突け（by 岡本太郎）

《十七日夜半ヲ期シ 最高指導官ヲ陣頭ニ 皇国ノ必勝ト安泰トヲ祈念シツツ 全員壮烈ナル総攻撃ヲ敢行ス トノ打電アリ。爾後 通信絶ユ。此ノ硫黄島守備隊ノ玉砕ヲ 一億国民ハ模範ト為ベシ》

運転席上部のスピーカーから、所々プチプチという音割れに掻き消されながら、ＪＯＢＫの大本営発表が流れた。

「硫黄島の玉砕やて」

おかんが嘆息した。

「次は、沖縄。ほんで、最後は、原爆や」

「ソノ間ニ、ヒトラーガ自殺シテ、ドイツガ降伏スル」

博士の祖国は東西に分断。ベルリンの壁崩壊まで、長く過酷な戦後を歩む。

「もっと早く、降伏してたら、助かった命、いっぱいあったのに……」

唇を噛みしめるサイコ。戦没者の冥福を祈り、合掌する和尚さん。自慢じゃないが、僕の仲間は皆、掛け値なく心優しき者たちだ。
時は、昭和二十年三月下旬。春分の候とはいえ、寒の戻りのような肌寒さを覚える一日だった。大本営発表が途絶え、無言になった車内には、スチーム暖房の「シュー」と鳴る加湿音だけが響き、なんとも言えない重苦しさが沈殿していた。

十日ほど前の出来事だった。深夜から翌未明にかけ、グアム、テニアン及びサイパンの各島米軍基地を発した、総勢２７４機のＢ29型爆撃機が、大阪の上空を埋め尽くした。無数の焼夷弾が投下され、都心部とそれを取り囲む市街地が爆撃の猛火に包まれた。夜が明け、目を覆うばかりの惨状が次々と明らかとなった。後の累計によると、被災家屋13万6０００戸、死者約４００００人。かつて『大大阪時代』を謳歌したミナミの繁華街は、見渡す限りの焼け野原と化した。また、同日、工業地帯を抱える堺も大空襲を受け、多大な被害を出した。
だが、大阪市北部とともに、南部の一部、今の阿倍野以南、大和川以北の阪堺沿線は、このときは被害を免れた。上町線の路面電車は、ぎりぎり延焼を免れた天王寺駅前から大和川手前のあびこ道まで、折り返し運転を行っていた。

異なるパラレルワールドを移動していると、知らず知らずのうち時空の感覚が麻痺してさて、本来自分が属する世界はどこか、自分はどこから来てどこへ行くのかが曖昧になってくるようだ。

「時空の旅人」の、そんな寄る辺なき頼りなさを胸に仕舞い、Ｔｅａｍビリーは、サイコが透視した映像を拠り所に、住吉大社の相撲場から船場安土町にある「田村駒ビルヂング」を訪ねたのだったが、広い車寄せには、サイコが視た黒い自動車の姿はなかった。すでに立ち去ったのか、到着前なのか、前後がわからぬまま、どうしたものかと、車寄せの隅に身を移しかけたとき、玄関のガラス戸越しに、轡形家紋の羽織を着た人影が見えた。身なりや白髪交じりの頭髪から、サイコが口走った大番頭その人だろう。

「愚僧が、確かめて参ろう」

　突然、和尚さんが言葉を発し、ツカツカと玄関先へ歩み寄り、托鉢の雲水よろしく、お経を唱え始めた。なるほど、和尚さんなら、いつの時代も怪しまれることはない。

　誦経の御礼にと、店先で茶を喫し、お布施を懐に入れて、喜色満面に戻った和尚さん。曰く、此度《こたび》御店《おたな》では、こいさんのご婚礼と大旦那《おおだんな》さんの勅選議員と、慶事が二つ重なって、婚家と縁結びの労を執った仲人のお礼にビリケンさん、大旦那さんは、これも住吉っさんのご利益やと大坂相撲を奉納したという経緯だった。

　してみると、「ルナパーク」のビリケンは、閉園後、いったん納入者の田村駒治郎の手元に戻って、また、出て行ったことになる。だが、行き先ははっきりしていた。譲り受ける方法は、すぐに思い付かなかったが、とにかく現物を確認しようと、和尚さんが聞き出した仲人宅の商家を訪ねたが、十間もあろうかと思われる広い間口の玄関戸には、「店終い」の貼紙が貼られ、中に居住者はいない様子。隣家に聞けば、半年余り前に引っ越したとのことで、何だか狐に摘まれたようだった。

また話が振り出しに戻った。ならばと博士。もう少し時代を進め、さらにサイコが透視した光景を事細かに「ナビパラ」に解析させた結果、今こうしている次第だ。「ルナパーク」閉園後、行方不明のビリケンが、一度「田村駒」に戻ったことがはっきりしたのだから、逆に時間を巻き戻せばよさそうなものだが、博士によると、いったんパラレルワールドに足を踏み入れたら、そこから続けて時代を遡る転位は、身体的負荷が大きく、あとは、時間を先送りした転位を繰り返す方が安全だということだった。

というわけで、仕切り直して、このパラレルワールドに転位したＴｅａｍビリーだが、双六の振り出しに戻ったように、再び「ビリケン号」に乗り込んで、阪堺上町線・天王寺駅前を出発した。

列車の車体は、いつの間にかモ１０１から１６１形にモデルチェンジしていた。と言っても、タマゴ形の半流線形の顔も、前後の三枚窓も前と同じ。内装が微妙に変わったような気もするが、哲学君くらいの「レト鉄」でないと、違いは見抜けない。

「ビリケン号」は、二度目の松虫・東天下茶屋・北畠と通過した。『大大阪時代』の頃の賑わいが、戦時一色の、ひっそりとした街景色に様変わりしていた。

擦れ違う車両に自動走行を悟られぬよう、運転席に腰かけた博士は、姫松停留場に差しかかったとき、また、お約束のように速度を落とした。

会釈したサイコ。おかんとの無駄話をやめ、姫松の待合へ視線を向けた。

一瞬人気《ひとけ》がないと思ったが、待合の蔭に、ひっそり身を寄せ合う一組の男女の姿があった。ゲートルを巻いた国民服の学徒らしき青年と、三つ編みに髪を束ね、セーラー服にモンペ穿きの女学生が、黙って俯いたまま、話す言葉を探しあぐねているふうに見えた。

時節柄、戦地に赴く人、見送る人として、最後の時を過ごしながら、運命の流れに抗っているのだろうか。

以心伝心か、わが事のように胸騒ぎするサイコの肩に、おかんが優しく手を添えた。ハルクが見たら、腰を抜かしそうだが、こう見えて、「ヒョウ柄おぎん」は人一倍情に厚い。

姫松を後に、速度を元に戻した博士。合わせるようにダビンチ君が、車掌代理で預かったチンベルを鳴らした。

帝塚山三丁目が近づくと、万代池の方角から、号令の笛に続き、「オイッチニ、オイッチニ」と、大勢の掛け声が窓越しに聞こえた。順々に何か、受け渡しでもしているのだろうか。

「なんなん、あれ？」

「バケツリレーの訓練やろ」

サイコの問いに即答するおかん。

「戦時中はな、あれで、焼夷弾の火ぃ、ほんまに消せる、思とったんや。命あっての物種やのになぁ。なんもかんも、ほったらかして、逃げなあかんねん」

吐き捨てるように言った。

以前、ハルクから聞いたことがある。おかんを一人前の三味線弾きに育ててくれた「鶴亀社中」のお師匠さんの姐さんに当たる人が、何度目かの大阪空襲の折、燃え盛る火の中で、最後までバケツリレーに加わって、消火に努めたがため逃げ遅れた。飛び散った焼夷弾の欠片が背中に取り付き、瞬く間に炎が全身を覆い尽くして、後事を託す暇なく事切れた。夜が明け、丸焦げで、顔も形もわからない姐さんの遺体に縋り付いた遺児を、お師匠さんが引き取って、わが子同然、一人前の成人に育て上げたという。そんな肝の据わったお師匠さんが、苦しい時に、こう言って自分を叱咤激励した。「わたいは、どうなってもかめへんが、あんたらの未来を諦めるわけにはいかへんのや」と。これは内緒と照れながら、ハルクが、「だから、お師匠さんを、誰より尊敬するおかんは、オレの誇り」と話していた。

暗澹とした気を振り払うように、博士は「ビリケン号」のスピードを一段上げた。因縁付きの住吉鳥居前を今度は何ごともなく通り過ぎ、車輌は細井川《ほそいがわ》を越えた。呼び名のとおり農水路のように短い川幅だが、古くはここに「住吉津《すみのえのつ》」があって、お伽話の一寸法師がこの川から都へ旅立ったとされる。

　細井川を越えると、目の前に停留場があり、天王寺駅前に向かう上り列車が、「ビリケン号」の通過を待っていた。擦れ違いざま、若い女性運転士が、「異常なし」の合図を送ってきたので、博士も挙手して返した。男手が足りず、女子挺身隊で駆り出されたのだろうか、型どおりの合図だったが、手付きがどこかしらぎこちなく見えた。

　安立町《あんりゅうちょう》も通過し、あびこ道で「ビリケン号」は停車した。当面、路面電車はここで折り返し運行となる。この先、大和川の向こう岸は、空襲の爪痕生々しく、送電線はズタズタに破壊され、被害家屋の瓦礫が路面を塞いだまま、復旧の目途は立っていなかった。

「ビリケン号」は、あびこ道のホームから動かなかった。博士が操作しない限り、自動走行は解除されない。だから、折り返し運転しないのは、すなわちここがゴールということだ。

「早う、行こ！」

声を揃えるサイコとおかん。

「行こ行こ。今度こそ、ミステリーツアーや！」

サイコは、繰り返し博士の腕を揺すぶった。ビリケンおやじが持ってきた、件の「阪堺ミステリーツアー」のチラシが、よほど頭から離れないようだ。

サイコに再三腕を揺すられても、何の痺れや痛みも感じなかった博士。予測どおりのパラレルワールドの効用に満足したが、それと悟られぬように、最後部で懐を弄って何やか探し物でもするふうな和尚さんを遠目に見ながら、

「イヤ、少シ待トウ」

と、慎重な姿勢を崩さなかった。

「扉が閉まったままなのが、気になりますね」

ダビンチ君が、博士の懸念を引き取った。確かに、鳥居前のときは勝手に扉が全開したのに、今は前後中央、三箇所とも、乗降扉は貝のように口を閉ざしていた。

遠くで寺院の梵鐘が鳴った。いつの間にか、西日が差していた。

なんとか講の寺詣での帰りだろうか、家路を急ぐ一塊の年配者や、親子連れの姿が、東の方から近付いてきた。

「空襲にあわんかった、お礼参りやろか？」

車内に閉じ込められたまま、手持ち無沙汰に窓の外を眺めるサイコ。

「それもあるやろけど、親子連れは、『十三参り』やろ」

年配の塊の、後を歩く四、五組の親子を指差しながら、

「あびこの、観音さん帰りやな」

と、おかんが断じた。

頷きながらサイコが目を凝らすと、戦時のこととて、華やかな晴着姿とはいかないものの、中学に上がるか上がらないかの、参詣帰りの子供らは、慎ましいながら、慶事のよそ行きの恰好をしていた。

「省線も、南海も、空襲で、止まっとんやろな」と推量するおかんに、

「ショウセンって？」と首を捻るサイコ。

「省線言うても、冴ちゃんら、わからんわなぁ。ＪＲのこっちゃ。言うとくけど、これ、わたいの生まれる前の話やで」

車内に視線を戻し、顔を見合わせて笑うサイコとおかん。

おかんによると、戦後しばらく経って、運輸省（現・国土交通省）が直接運営した鉄道（だから省線）が、独立公社の国鉄になり、昭和の終わりには分割民営化されて、今のＪＲが誕生した。

ちなみに「あびこ観音」、正式には観音宗総本山（だから全国観音さんの総元締め）・大

聖観音寺の最寄駅は、メトロ御堂筋線のあびこだが、この時代、まだそこまで地下鉄は延伸されていないから、省線の阪和線、南海高野線、阪堺電車（この時代は南海に合併）の順に近い駅になるのだが、阪堺以外は、どれも運行距離が長いから、その分、復旧に時間がかかる。一部区間の折り返し運転もすぐにはできないのだろう。

「十三参り」の親子連れの後から、網代笠を被った七、八人の行脚僧が、「定めなく移りゆき、流れて止まぬ」雲水の如く、この戦時一色の世の中も所詮一夜の夢と、手にした錫杖を「シャカシャカ」鳴らし、「ビリケン号」の横を通り過ぎていった。

※

コツコツと、車輌中央の観音扉の窓を叩く音がした。

運転席の横窓を下ろし、思案顔で外を見ていた博士が、それと気付いて首を出すと、いつの間に現れたのか、間近に一人の中年紳士の姿があった。

「ビリケン号」の葡萄茶色の車体の左右には、一目でわかるように大きな貸切のプレートが取り付けてある。よほど目の悪い者か、考え事でもしていなければ、うっかり見落とすことはなかろう。

「急ぎのようですね」

ダビンチ君の言葉を受け、相手を品定めするかのように、眼鏡の端を光らせた博士。少し間を置いてから、扉の前に立つ紳士に声をかけた。

「ドウシマシタカ？」

片手に皮革製の頑丈な箱形鞄を提げた紳士の身なりは、上品な黒ラシャの上下の揃い。パナマ帽から覗くロイド眼鏡と綺麗に整えられた口髭が、人格の確かさを漂わせているように見えた。

「これ、観世音菩薩の御心じゃ！」

突然、両眼をカッと見開いた和尚さん。威儀を正して、喝声を上げると、

「カモがネギ背負って、ミステリーツアーや！」

「せやせや、『鴨ねぎ奉行』のはじまりや！」

サイコとおかんも負けじと、てんでに訳のわからぬ言葉を口走った。

一応説明しておくと、おかんが言う「鴨ネギ……」は、近頃、熟年世代に人気沸騰のネット配信「鴨ねぎ奉行漫遊記」のことで、鴨鍋がめっぽう好きな町奉行・遠山越前守が、鍋に入れる根深ネギを懐に、奇々怪々な事件の謎を解く、ミステリー時代劇のことだ。

意表を突く二人の言葉に、思わず笑いを堪えながら、ダビンチ君が博士に目配せして、観音扉を引き開けた。

「無理を承知で、お願いします」

扉の踏み台に片足をかけ、身を乗り出した件の紳士が、柔らかな物腰で言った。

「急用ができました。もし、天王寺へ戻られるなら、相乗りさせていただけないでしょうか。途中でも、一駅、二駅でも構いません」

「イヤ、終点マデ、オ送リシマショウ」

言葉を切って、博士が悪戯っぽく笑った。

「モトモト、行キ先ガドコカ、ヨクワカリマセンシ……」

「あえて言えば、たった今、行き先がわかりました」

ダビンチ君も笑顔で、気の利いた受け答えをして、紳士を車内に招き入れた。


思わぬ珍客を乗せた「ビリケン号」は、あびこ道から折り返し運転に入った。終点の天王寺駅前まで、各停でも半時間あれば到着する。一般道ではあまり速度は上げられないが、貸切ノンストップだ。二十分とかからないだろう。

余計な詮索をされないよう、博士とダビンチ君は、そのまま運転士と車掌ということにし、おかんとサイコが母娘の乗客。ただし「観世音菩薩の御心」の喝言以降、また両眼を瞑って座禅する和尚さんには、あえて触れないことにした。

年格好の近いおかんが、柄にもなく科《しな》を作って、熱い煎茶に、住吉さん御用達「末廣堂」の銘菓さつま焼きを添えて出し、件の紳士の話し相手になった。

ホテルオーナーを名乗る、この紳士が言うには、所用のついでに、我孫子に住む息子夫婦の家を訪ねた。ホテルの専属運転手に神戸から車を運転させてきた。空襲被害に遭わなかった加護のお礼にと、「あびこ観音」に参拝した後、最後の用件を済まそうと、南門を出た途端、軍用車から出てきた士官に捕まった。士官は、大阪城本丸に司令部を置く、陸軍第四師団の所属だと言い、先の空襲被害の復旧に充てるため、当分の間、運転手付きでこの車両を徴用する、つまり勝手に召し上げ、軍が思いのまま使い回すということだ。オーナーによると、戦時のため一般の流しのタクシー、いわゆる「円タク」は巷《ちまた》から姿を消し、鉄道、バスの公共交通機関はもとより、民間会社や個人所有の自動車でさえ、軍の意向を嵩に、戦時の国家統制下にある。だから、召し上げ自由のご無体が罷り通る。さんざ乗り回した挙げ句、故障してでも元どおり返還されれば、御の字ということのようだ。

オーナーが経営するホテルとは、昨今の廃虚ブームの波に乗り、「廃虚の女王」として名を馳せる、あの「摩耶観光ホテル」。国の登録有形文化財に指定された「マヤカン」だ。「マヤカン」は、敗戦のこの年、直営の「摩耶鋼索鉄道（摩耶ケーブル）」の運行停止とともに、ホテル営業を一度休止することになるのだが、オーナーは、昨日今日と、休止挨拶のため、大阪の取引先や常連客を訪ねていた。阪堺以外の鉄道は、復旧の目途が立たず、間引き運転の乗合バスも最終が過ぎた。次の阪堺の折り返しを待てば、約束の時間に遅れてしまう。だから、無理を承知で同乗を願い出たということだ。

なるほど。この戦時下の状況を考えれば、悠長に貸切列車を走らせている場合ではない。オーナー同様に見咎められたら話がややこしい……とばかり、機転を利かせたダビンチ君が、どこから用意したのか、車体の貸切プレートを陸軍御用達に変え、博士は、専用道に入ると同時に、一気に「ビリケン号」の速度を上げた。

「いや、それでは、わたしの気がすみません。ならば、とりあえず、話の種にでも……」

商売柄、外出時は常に用意しているのだろう、中身の額は知れないが、御礼と書かれた祝儀袋を差し出したオーナー。しかし、さすがのおかんも固辞したので、今度は、引き寄せた鞄の中から、箱に乗った小型の木製人形を取り出した。

「『神戸人形』って、ご存じでしょうか?」

「あぁ、カラクリ人形の……」

とおかん。古い話にはめっぽう強い。

「中でも、これは、一番知られている、『西瓜喰い』という人形です」

オーナーは言葉を継いで、箱の横にある摘まみ棒を前後に回し、実際にカラクリ人形を動かして見せた。

たかが玩具の人形とはいえ、神戸人形の始祖・野口百鬼堂と並び称された、出崎房松という名人の作で、挨拶回りの手土産に持参してきたものだった。

それなら遠慮なくと、受け取ってサイコに渡すおかん。さつま焼きのご相伴に与りながら、お礼を述べ、話の輪に加わったサイコは、気懸かりに思ったことを尋ねた。

「でも、おじさん、天王寺から、あとはどうしはるん?」

「息子の話では、地下鉄は、動いているようです」

「一号線（御堂筋）ですな」

「梅田に出られたら、あとは、約束した場所まで、歩けない距離でもないし、運が良ければ、木炭車なら、拾えるかもしれません」

「せやけど、そない無理せんでも。こないな事情やし、あとで挨拶状でも、送ればええんちゃいますか」

「実は、挨拶伺いの連絡をしたとき、先方から、しばらく預かってほしい物があると、頼まれたんです。六甲の山中なら、たぶん、戦禍は免れるだろうと」

「お宝の疎開?」

オーナーとおかんの会話に、目を輝かせるサイコ。

「何を預かるのか、見当もつきません。先方は名の通った茶道の家元。美術・工芸にも目が利く方ですから、値打ちのある物に間違いないでしょう」

「その家元って、ひょっとして……」

サイコは、約束の相手の風体を尋ねた。

オーナーの答えは、外出は大抵、紺地の西陣、亀甲模様のお召しに、瓢箪柄の角帯。頭に利休帽を被っているとのこと。サイコが住吉大社で透視した人物を口にしたとき、途切れ途切れ、フラッシュしながら、頭を過《よぎ》った映像と同じ。

「それで、待ち合わせ場所は？」

と、思わず畳みかけるサイコだった。

Chapitre 5　cinquième《サンキエム》　自分の中に孤独を抱け（by 岡本太郎）

壱

「麻呂、チャプター4より、2、3ページ多めに頼む」

手帳を睨みながら、哲学君。

「それで、プラマイ、ゼロにしてやる」

いきなり、進行役の僕に注文をつけた。

「相変わらず、こまかいのぅ。せやけど、ビリケンに押されとんのは、確かやな」

「おかん、オレのキャラ、横どりしてる」

と、商人君やハルクも嵩《かさ》にかかる。

だが、全部、作者の悪ノリ。僕の責任じゃない……と、愚痴りつつ本篇再開。

船尾に座った舵手と四人の漕ぎ手を乗せた細身のボートが、キラキラ輝く運河の水面を滑らかに進んだ。「コックス・コール」に合わせた一糸乱れぬ漕ぎ手の動きは、まるでシンクロの団体競技のようで、ウォーターフロントを行き交う人の目を惹いた。

留学前のギムナジウム時代、ボート部に籍を置いた博士に、以前聞いたことがある。漕艇のレガッタ競技の中に、「ナックルフォア」と呼ばれる種目があって、船首から順に、「バウ」「二番」「三番」「ストローク」と四人の漕ぎ手が並び、少し離れて、船尾に「コックス」と呼ばれる舵手を置く、五人乗りタイムレースのことだ。

関西圏のボート競技と言えば、琵琶湖のイメージが強いが、大学の同期に神戸から通学していた奴がいて、曰く、この辺りは国内ボート競技発祥地の一つとして知られ、毎年秋にレガッタの大会が開催される。おそらく近隣大学のボート部が、秋の大会に向けて追い込みをかけているのだろう。

そう言えば、『2025万博』のプロデューサーになった博士が、いつだか雑談で、神戸港と夢洲の万博会場を結ぶ海上交通の実験として、この運河の外海を航行する計画があるとか、ないとか言っていた。


僕たちTeamタローは、昨日、「みんぱく」の館長が紹介してくれた人と会うため、ここHAT神戸の水際広場にやってきた。

HAT神戸は、西のハーバーランドに対し、東の新都心として一九九〇年代末に開発された。元々この辺は、王子公園（動物園）がある摩耶山麓から神戸港側へ、阪急・JR・

阪神の鉄道と、国道2号、阪神高速神戸線の道路が並走する交通至便の地。その中で、JR線を海側に越えた所から摩耶・新港東埠頭前の運河まで、HAT神戸と名付けて都心化した。大手企業を誘致し、海を望む高層マンションや広々とした公園を整備して、消費の多い子育て世代を呼び込んだ。また、阪急沿線の王子公園からウォーターフロントに至る、南北一・二キロの「ミュージアムロード」には、北から旧兵庫県立美術館跡の原田の森ギャラリーや横尾忠則美術館、BBプラザ美術館、そして、今僕らがいる南の運河沿いに建つ今の「兵庫県立美術館」など、いくつかの美術館が並び、道の両脇には、さまざまな屋外彫刻やモニュメントが置かれていた。加えて、途中のJR灘駅近くからは、旧貨物臨港線の廃線跡を桜並木の遊歩道にするなど、交通インフラと、文化、アミューズメント施設の充実が相まって、新都心としての環境整備が図られていた。

用件を終えた僕たちTeamタローの面々。昼食には些か早かったので、なぎさ公園の広場に停まったキッチンカーで、カキ氷を買って、「県立美術館」の屋外階段に腰かけていた。

八月初めから月末まで、毎夜、六甲の夏を彩る「光のアート」が催される。冬の「ルミナリエ」は、先の大学同期に誘われたのをきっかけに、以後、コロナによる中止を除き、毎年『暇人』メンバーと訪ねているが、六甲山の方は未だ見たことがない。午後の状況次第だが、可能であれば、ハルクの要望どおり、元町の中華街で昼食を摂り、六甲「百万ドルの夜景」と「光のアート」を楽しむことにしていた。実質経営を担う商人君曰く、それぐらい経費で落としても、あいつら（Ｔｅａｍビリー）の無駄遣いに比べれば、可愛らしいものだと、至って大らかな対応。商人君独特の、財布の紐の弛め具合だ。

海に臨む「県立美術館」は、「広場としての美術館、美術館としての広場」をコンセプトにした、建築家・安藤忠雄氏の設計。外観は、細長い棟を三つ連結したような造りで、三棟とも海側に、ガラス窓と長い庇が潜望鏡のように張り出し、スタジアムの観客席のような幅広で段数の多い屋外階段と、アンモナイトを想起させる吹き抜けの螺旋階段が特徴的な建物だ。また、屋上テラスや敷地には、さまざまな彫刻、モニュメントが置かれ、「ミュージアムロード」の出発点（あるいは到着点）に相応しい趣だ。専門家のダビンチ君や前衛芸術が好きなサイコが見たら、きっと大喜びの光景だろう。商人君の尻馬に乗るわけじゃないが、僕も少し気が晴れた思いだ。

中でも一番の秀逸は、今僕らが背後から見上げる、ヤノベケンジさんの高さ六メートルの巨大オブジェ「サンシスター・なぎさちゃん」だ。阪神・淡路大震災の復興と希望の象徴として、銀色のワンピースを着たジャイアントガールが、輝く太陽を手に、すっくと海に向かう勇姿は、日本の夜明けを夢見て、桂浜に建つ坂本龍馬像に負けず劣らずの存在感があった。

　ヤノベさんと言えば、一月ほど前、サイコに引き摺られるまま、阪急・南茨木駅前の東日本大震災復興モニュメント「サンチャイルド」（なぎさちゃんの弟分）や、最近竣工した大阪中之島美術館の潜水スーツを身に纏った猫「SHIP'S CAT（Muse）」、両目が光り口から火を吐く「ジャイアント・トらやん」を、半日足らずで駆け足鑑賞したことがあった。

　カキ氷のカップを捨てに、美術館の外階段を降りたハルク。何を思ったか、「なぎさちゃん」の前方に回って、円盤形に大きく開いたワンピースの中を覗き込みながら、

「この前、サイコが買ってた、パンツそっくり」

　と呟いた。

「そんなもん、どこで見たんや？」

「芦屋の、高級ブランド」

　ハルクと商人君のやりとりを聞きながら、僕も思い出した。前の芦屋の事務所にいたとき、サイコは、帰りに僕やハルクを従え、駅前にある、如何にも富裕層向け高級レディースの店で、ちょくちょくブランド物の衣類を買っていた。たまに下着も交じっていたかもしれない。動体視力と記憶力の良いハルクが、色柄を見て憶えていたのだろう。

「おまはん、口裂けても、サイコの前で、言うたらあかんで」

商人君が釘を刺した。

「ホンマに、殺されるで」

「今のは、聞かなかったことにする」

『暇人』記録担当の哲学君。ボソッと言って、システム手帳から二人の会話を消除した。

「んな、アホなことより、ずっとここで、連絡待っとんか？」

「オレ、早く、『台湾タンパオ』の小籠包《ショウロンポウ》と、『皇蘭』の角煮まん、喰いたい」

「喰うこと以外、あらへんのかいな？」

「でも、今日会えるにしても、たぶん、元町か、三宮《さんのみや》あたりやろう。南京町《なんきんまち》で、昼ご飯にしていいと思うけど」

商人君とハルクの掛け合いに、そう言って、宥めに入る僕だった。

なぎさ公園の木蔭に寝そべったまま、ウォーターフロントの心地よい海風に身を委ね、時間《とき》を過ごすのも悪くはないが、せっかく神戸に来たのだからと、ここはハルクの言に従い、Ｔｅａｍタローは、ＨＡＴ神戸から南京町の中華街へ移動した。

小一時間ばかり話は遡るが、僕らは、『地底の太陽』の手がかりを求め、「みんぱく」館長の紹介で、「サンシスター」が聳える「兵庫県立美術館」に嘱託学芸員として働く人物、万博当時、『太陽の塔』の内部展示物の撤去に携わった人と面会した。

半世紀以上も昔の話なのでと、持参した古い手帳を捲りながら、祖父ほど年の離れた学芸員が話してくれた。万博閉幕後、『地底の太陽』が、瓦礫とともに撤去業者に引き取られる旨、聞きつけた県の観光局は、一九六〇年代半ばに着工した人工島・ポートアイランドを国際色豊かな海上都市にすべく、当時まだ初期の企画段階だった『神戸ポートアイランド博（ポートピア'81）』に、『大阪万博』の精神を引き継ぐ名目で、『地底の太陽』を譲り受けることになった。もっとも、そのときは、本当に『ポートピア』が開催できるのか、できるとしてもいつになるやら……雲を摑むような漠然とした話だった。当面、県教育委員会が維持・管理し、研修教材として活用する方針の下、県教の駆け出しだった自分を含め、四、五人の職員が、運送業者を伴い、万博跡地へ引き取りに行った。

『地底の太陽』は、その後、県教・市教、あるいは、民間の研修施設を転々とし、自分の知る限りでは、営業休止後、学生ゼミ、サークルの合宿所に転用していた「摩耶観光ホテル」に貸し出したのを最後に行方不明になった。ホテルの建物は、阪神・淡路大震災の被害を受けて大きく損傷し、建物は、入口に続く登山道とともに立入禁止になった。もっとも、震災の二年ほど前には、すでに合宿所としての機能も停止していた。

震災後、半年くらい経った頃、調査名目の許可を得、廃虚となったホテルを訪ねたり、また、当時合宿所を運営していた会社の関係者に事情を聞いたりしたが、結局『地底の太陽』は見つからなかった。以降、マスコミに取り沙汰されるたび、関連部署の職員らが再調査に動くのだが、その行方は杳《よう》として知れないという。

してみると、「兵庫県内のホテルにあった」とか、「兵庫県の研修施設がある山中に廃棄された」という、SNSに飛び交う憶測情報もまんざら的外れではなかった。

話の最後に、件の学芸員さん。成長した孫を眺める好々爺のように優しげに目を細め、「あなた方のような、若い方に託せば、本当に、見つかるかもしれませんね」

そう言って、耳寄りな話を聞かせてくれた。

人づてに聞いた話だが、最後に「摩耶観光ホテル」を合宿所に使用した会社は、運営・管理の責任は負っていたが、不動産業が本業のため、実際は、当時その会社から管理を委託された人が、ホテルに常駐。従業員を差配し、日常の業務に当たっていた。

だから、ホテルには、管理人と言うか、支配人が、別に存在していたのだ。そして、その人は、戦前「摩耶観光ホテル」のオーナーだった人の姪だか、孫娘だか、縁戚の女性で、生田《いくた》神社の近くに居を構えていることが、最近わかったという。

「見つかるのを、楽しみに待っています」

話を締め括った学芸員さん。開いた手帳から、支配人の連絡先を書き写したメモを切り取って、僕らに手渡してくれた。そして、別れ際、ハルクの首に下がったジュニアを、間近に見ながら言った。

「この人形、なんだか、生き物の、体温のようなものを感じますね」

「みんぱく」の館長といい、この学芸員といい、まさかジュニアが、自律した生命体じゃあるまいに……と、首を捻りながら土偶の顔を見ると、真一文字の横線のないゴーグル目の奥から、逆にこちらが観察されてでもいるかのような、妙な錯覚に陥った。

貳

摩耶山中腹にある摩耶ケーブルの「虹の駅」は、「旧摩耶観光ホテル」が健在だった頃は、温泉が曳かれ、遊園地もあって、大勢の観光客で賑わったと聞く。また、昔は摩耶山の由来となった摩耶真言宗の大本山・忉利《とうり》天上寺《てんじょうじ》が近くにあって、茶店や売店、射的場が軒を連ね、門前町としても栄えたが、寺が焼失し、別地に移転した後は、人足《ひとあし》が絶えてしまった。そんなこんなで、今ではほぼ隣接する摩耶ロープウェイの乗り継ぎ駅と化し、ほとんどの客は、ロープウェイ山上の「星の駅」にある掬星台《きくせいだい》まで登って、神戸市街や大阪湾の眺望を楽しむ。しかしながら、昨年、廃虚としてわが国初の登録有形文化財に指定され、記念に「虹の駅」に「旧摩耶観光ホテル前」の副名が付けられる前後から、廃虚ホテルを間近に望む以外、特段の史跡や施設のない、この鄙びた山腹の駅を訪ねる者が増えつつあった。

熱烈な廃虚ファンから「聖地マヤカン」「廃虚の女王」と崇められる、「旧摩耶観光ホテル」の開業は一九二九年（昭和四年）で、先に触れたように一九四五年（昭和二十年）にいったん営業を休止。戦後、転売が繰り返され、その間、全面改装の上リニューアルオープンを果たすも、一九六〇年代後半、再びホテル営業を休止し、件の学生合宿所として使用されたが、それも一九九三年（平成五年）に閉鎖。以後、打ち棄てられ、廃虚と化した。ところが、世紀末に始まった廃虚ブームの波に乗り、昨今は、テレビ特番や映画、プロモーションビデオのロケのほか、YouTubeにアップするコスプレ、サバゲーフィールドとしても人気のスポットだという。以上は、ジュニアの説明によるものだ。

僕たちTeamタローは、南京町の中華街を訪ね、ハルクに言われるまま、四川・広東・台湾等々……と、いくつかの店をハシゴ。本場中華を鱈腹食べた後、腹ごなしに元町商店街をブラついていたとき、待ち人から「差し支えなければ、生田神社でお会いしましょう」と連絡が入った。

僕は神戸の祭事に疎いが、ジュニア曰く、生田神社は、その日、海運守護の末社・大海《だいかい》神社の「大海夏祭」の初日。だが、ご多分に漏れず、コロナ対策のため、境内特設ステージでの音楽やダンスライブ、カラオケ大会など、催し物はすべて中止。夜店出しも取りやめ、神事だけが執り行われるようだ。

昔、源平の古戦場だった境内の「生田の森」に涼んでいた訪ね人は、小柄で地味な身なりの老女だったが、昔取った杵柄か、背筋がピンと伸び、挙措端正な人だった。

その人は、開口一番、「百聞は一見にしかずです。差し支えなければ、今からご案内しましょう」と言った。広げた日傘に見え隠れする悪戯っぽい笑みは、上品ながら、無邪気な子供のようなあどけなさを漂わせていた。

商人君に目配せして、僕がタクシーを呼ぼうとしたら、それに気付いた老女。「まだまだ足腰には自信がありますのよ。一昨年まで、神戸マラソンの常連でしたから」と、健脚をアピールした。

すぐ近くが自宅だと言うので、いったん家に戻り、身支度を調えてきた老女を、僕たちは支配人と呼ぶことにした。

「行き先は摩耶山」とだけ告げられた僕らは、支配人とともに阪急・王子公園まで出て、そこから徒歩で、桜の名所として知られる、灘・高尾通《たかおどおり》の「桜のトンネル」の坂道を上り、摩耶ケーブル駅下へ出た。あとはケーブルカーに乗れば一駅で着く……はずだったが、にっこり笑った支配人、先に立って、そのまま上野道の登山口に分け入った。慌てて僕らも後を追い、半時間ほど山道を歩いて、ここ「虹の駅」へと至った次第だ。

山登りの途中、聞いた話によると、支配人は、「摩耶観光ホテル」創業者の孫娘に当たる。祖父は、彼女が物心付いた後、すぐに他界したが、うろ覚えながら、祖父の膝の上に抱かれ、お伽話代わりに、往時のホテルの賑わいや宿泊客の土産話を聞かされていた。そのためか、すでに人手に渡った建物なのに、わが家のように気になる存在だったという。だから、ホテルが学生の合宿所に衣替えしたとき、オーナーが畑違いの仕事で、委託管理してくれる者を探していると聞き付け、支配人は一も二もなく応募したという。昔、大学の事務職として日々学生に接していた経験もあり、また、専業主婦で子供もいなかったことから、ホテルが閉鎖されるまで支配人の任務を全うした。今は、廃虚となったホテルの再生のため立ち上げた、NPOの理事を務めているとのことだった。

「あれが、祖父が建て、わたしが、二十年近く勤めた『摩耶観光ホテル』です」

「虹の駅」のホームに降り立って、間近に立った廃虚の建物を見下ろしながら、支配人は、さも愛しげに言った。

「まだまだ序の口、登りたりない」と言わんばかりの、彼女の出で立ちは、初見とガラリ打って変わって、頭にハイキング帽、水玉模様の撥水加工の上下に、赤い登山靴、もちろ

郵便はがき

料金受取人払郵便

新宿局承認

2524

差出有効期間
2025年3月
31日まで
（切手不要）

160-8791

141

東京都新宿区新宿1－10－1

（株）文芸社

愛読者カード係 行

ふりがな お名前		明治 大正 昭和 平成 年生 歳	
ふりがな ご住所	□□□-□□□□		性別 男・女
お電話 番 号	（書籍ご注文の際に必要です）	ご職業	
E-mail			
ご購読雑誌（複数可）		ご購読新聞 新聞	

最近読んでおもしろかった本や今後、とりあげてほしいテーマをお教えください。

ご自分の研究成果や経験、お考え等を出版してみたいというお気持ちはありますか。

ある　ない　内容・テーマ（　　　）

現在完成した作品をお持ちですか。

ある　ない　ジャンル・原稿量（　　　）

書　名				
お買上 書　店	都道 府県	市区 郡	書店名	書店
			ご購入日	年　月　日

本書をどこでお知りになりましたか?

1.書店店頭　2.知人にすすめられて　3.インターネット(サイト名　　　)

4.DMハガキ　5.広告、記事を見て(新聞、雑誌名　　　)

上の質問に関連して、ご購入の決め手となったのは?

1.タイトル　2.著者　3.内容　4.カバーデザイン　5.帯

その他ご自由にお書きください。

(　　　)

本書についてのご意見、ご感想をお聞かせください。

①内容について

②カバー、タイトル、帯について

弊社Webサイトからもご意見、ご感想をお寄せいただけます。

ご協力ありがとうございました。

※お寄せいただいたご意見、ご感想は新聞広告等で匿名にて使わせていただくことがあります。

※お客様の個人情報は、小社からの連絡のみに使用します。社外に提供することは一切ありません。

ん両手にトレッキングポール。どこから見ても練達の山ガールだった。

「柵を越えれば、すぐ目の前なのですが、それですと、防犯システムが働いて、不法侵入の通報がされるんですの。ですから、山道を迂回してまいります。ここからは、特に、足元がお悪いですから、くれぐれ、お気をつけ遊ばせ」

注意喚起したかと思うと、支配人はクルリ踵を返し、勝手知ったるご近所さんの如く、生い茂る草木を掻き分け、さっさと廃道の獣道を進んだ。

体力自慢のハルクのほかは、情けない話だが、先を行く老女に、息を切らせて付き従うだけで精一杯だった。

元町商店街を冷やかし歩きするのとは雲泥の差で、ハードな山歩きにはなったが、支配人の特別な計らいにより、この「廃虚の女王」に入れてもらえるのは幸運の極みだ。

彼女は、「本当はね、立ち入る口実ができて、ラッキーなのよ。貴方たちのお蔭ね」と、笑っていたが、ハルクや商人君の言うとおり、この予期せぬ「マヤカン」見学は、文字どおり「ざまあ見ろ、ビリー！」に相違なかった。

※

樹木や夏草に覆われたアール・デコ風の外観は、別名「軍艦ホテル」と呼ばれるように、角度によって戦艦のブリッジに見えた。幾星霜の風雪に晒され、崩れかけた壁や廊下、破損したガラス窓、打ち棄てられた調度・備品に至るまで、まだ見ぬ西欧に憧れ、訪ねきた旅人で賑わった往時の面影を宿し、廃屋となった今もなお、「廃虚の女王」は、人知れぬ孤独を胸に、それでも気高く、決して朽ち果てることのない矜持を保っていた。

道すがら、あれほど激しかったクマゼミの鳴き声は、いつの間にかピタリとやみ、時が止まった廃虚は、底知れぬ深淵に佇むようかのように、凛とした静寂の中にあった。

僕らは、支配人に案内された、所々陥没しかけた部屋の床板に、なるべく体重をかけないよう、注意深く腰を下ろしていた。

「ご存じでしょうか？　ここが、愛好家の皆様に、一番人気の『額縁の間』ですの。元は、展望浴場があるお部屋だったんですのよ」

廃虚美術にも詳しいダビンチ君がいないのは残念だが、楕円の曲線を描いた大きな三枚窓から、外壁を覆う蔦や樹木の枝葉を擦り抜けて、降り注ぐ陽の光。そして、過ぎ去りし歳月の重みを劣化に託し、窓際に打ち棄てられた一組の円卓と椅子。……例えば、この円卓の端に、小さなボルドーのボトルとワイングラスを一対置けば、この部屋に過ごした旅人たちの昔日の姿が、在り在りと脳裡に浮かんでくるようだ。

「おじいさまの何回忌でしたか、法事の日の、すぐ後のことでした」

窓際の円卓に視線を移しながら、支配人は、遠い昔を引き寄せるかのように語り始めた。

「全面改装されて、営業を再開する、二、三日前でしたか……」

彼女が言うには、祖父が手放した「摩耶観光ホテル」は、戦後、転々と所有者を変えたのだが、リニューアルオープンを決めた新しいオーナーが、後に軍艦と呼ばれた全面改装を施し、営業再開が目前に迫った日、生前の祖父を知るその人は、若かりし頃、このホテルに何度か宿泊し、ホテルマンとしての祖父の立ち居振る舞いに深く感銘を受けたことがあって、少しでも祖父の供養になればと、遺族である支配人一家を再開前の第一番の客として招待してくれた。

生前、祖父が夢を託したホテルを、その日初めて両親とともに訪ねた支配人は、この『額縁の間』で終日過ごした。おそらくオーナーの厚意だろう、部屋の天井から、今の中華街のランタンフェアで見るような、真っ赤な中国提灯がいくつも吊り下げられて、和洋中の不思議な異国情緒を感じたという。

窓際の円卓は当時のままで、椅子は同じ物が、あと二、三脚あったそうだ。テーブルの上には、祖父が好んだカラクリの神戸人形が置かれていた。頃合いを窺って、部屋を覗きにきたオーナーが、「お嬢ちゃんの爺さまの代から、ずぅ〜っとホテルに残っとったもんやさけぇ、爺さまのもんじゃろ。形見と言やあ、大ごとじゃが、もらってくんされ」

どこかの方言交じりにニッコリ笑って、年頃だった支配人の掌に神戸人形を載せたとい

う。長居は無用と腰を上げたオーナーが、急に振り向いて、

「ここの地下にゃ、神戸空襲でん、ビクともせんじゃった、固え金庫があってのぉ、どえりゃあお宝が入っとるんじゃが、預かりもんやさけぇ、お嬢ちゃんに、あげるわけにゃいけんでな」

謎かけのような言葉を残し、笑顔で部屋を後にしたということだ。


「これは、余談でございますが」

急に思い出したように支配人。目を細めながら、僕らの顔を等分に見た。

曰く、昔、父から教えられた話だが、祖父が、僕らによく似た感じの若い人たちに、旅先で大変お世話になったが、手土産の神戸人形一つ渡したきり、きちんとしたお礼ができなかったことが悔やまれると、父は祖父から同じ話を何度も聞かされた。

誰がどんな世話をしたのか知る由もないが、それが、僕ら『暇人クラブ』のような変わり者だったら、高額の謝礼より、遊びのカラクリ人形の方がよっぽど嬉しいはずだが。


欠けたガラス窓の隙間から、時折強く、冷気を含んだ風が、廃虚のこの小部屋に吹き寄せた。窓の外は、いつの間にか陽が翳って、西空にいくつも入道雲の塊が張り出していた。ほどなく一雨くるかもしれなかった。

「それから、十数年経って、わたしが、ここの管理を引き受けました。学生の合宿所に使うということなので、早速、そのための準備を調えていたのですが……」

チラリと空模様に目をやった支配人は、いよいよ話の核心に入った。

勤務初日に、代替わりした不動産会社のオーナーから言われた。地下の金庫に前の所有者から引き継いだ預かり物が保管してある。ホテルの調度・備品の突合《とつごう》とは別に、これだけは従業員を使わず、自分で点検してほしい。「他言は無用」と念を押され、リストに記載のない物品の確認を指示された。このとき、十数年前、「摩耶観光ホテル」に招待された折、当時のオーナーが残した謎かけを思い出し、ホテルに入るやいなや、謎解きに逸る心を抑えて、地下室の、丸々一部屋もあろうかという、桁違いに大きな金庫の中に入った。

何段かに分かれた棚の上の方に、ホテルの設計図やら、祖父がオーナーだった頃に、建物の内外を撮影した色褪せた写真とかが散らばって、一番下の段に、巨大な『地底の太陽』が、左右のコロナ状の両腕を外され、ビニールシートに覆われた状態で保管されていた。また、その上の段には、大きな柳行李が一梱《こり》置かれていたが、確認すると、中は空っぽだった。

「こんなところに『地底の太陽』……だなんて、はしたないことに、つい興奮してしまって、でも、あとで気がつきました。おかしな話ですものね」

と支配人。代替わり前のオーナーの謎かけは、『大阪万博』が開催される十年近くも前の話だから、当然ながら、お宝が『地底の太陽』では辻褄が合わない。だとすると、空の柳行李の方に、別にもうひとつ、大事な物が収まっていたのかと、雇い主のオーナーに聞いてみたが、『地底の太陽』のほかは全く関知していないという。隠し事をしているふうには見えなかった。

その後、合宿所は使用停止され、「摩耶観光ホテル」が再び無人になる直前、支配人が物心付くか付かない昔、どこかで匂ったような、上品なお香の匂いがする和装の人が、『地底の太陽』を受け取りにきた。事前にオーナーから聞かされていたので、それを引き渡したのが、管理人としての最後の仕事だったという。

「その方が、言っておりましたの。『ようやく、収まるべき所に、収まる日がきた』と。なんのことやら、わたしには、ちっともわかりませんでしたけれど」

予期せぬハイキングで一汗かいて、濡れた人形の背中を乾かそうと、ハルクが首から外し、窓際に置いたジュニアの両眼が、一瞬青白く光ったようだが、支配人の言葉に耳を傾けていた僕らは、誰もそのことに気付かなかった。

支配人は、ホッと一息吐いて、

「わたしが知っていることは、これで全部、お話ししました」

言葉を結んで、経年のため傷んで、所々印字が擦れた名刺を差し出した。

「これが、あなた方がお探しの、『地底の太陽』を、お引き取りにこられた方です。でも、ここにある住所は、所有者不明の荒れ地で、電話も使われていない番号でした」

合宿所を運営した不動産会社のオーナーも、すでに他界した。支配人の知る限り、当時の経緯を知る者は、もうほかにいないだろうとのことだった。

「あっ、もう一つ。他愛ないことを思い出しました」

登山パンツの埃を払って、その場に立ち上がった支配人。窓際のジュニアを眺めながら、

「そう言えば、このお人形さんと、よく似た土偶のレプリカ、当時、講義に使っていた大部屋で、よく見かけましたわ。毎年、夏休みのゼミ合宿にこられた大学の先生が、マスコット代わりに、教壇に置いてらっしゃったの。その先生、本職は、お医者さんだと言ってましたけど、気さくで、親切な方でした。オカモトタローのファンだって仰ってたから、『ここの地下に、タローの作品があるのよ』って、よほど、教えてあげたかったんですけど、『他言は無用』と、オーナーに釘を刺されてましたから……。あら、ごめんなさい。また、余計なおしゃべり、してしまって」

最後は苦笑いの体で、床上のザックを引き寄せた。

一説には、オカモトタローの芸術を開眼させたのは、縄文時代の土偶の造形美だと言う

から、今回『地底の太陽』の探索を依頼してきたＴＡＲＯ君も、このゼミの先生と同じような土偶ファン、タローファンなのだろうか。ひょっとしたら、こういう愛好家が、あちらこちらにいるのかもしれない。


廃虚の窓越しに仰ぐ空が、黄色っぽくなった。夕立が近い。

「さあ、引き揚げましょう」

口調を改めた支配人。

「ここで足止めになったら、大変ですわ」

ザックのポケットから取り出した携帯電話で、どこかに連絡を入れたようだ。

「帰りは柵越えして、駅までショートカットしましょう。皆様くれぐれも、逃げ遅れて、捕まらないように」

茶目っ気ある表情で、彼女は屈託なく笑った。

Chapitre 6　sixième《シジエム》　ふり向くと、広大な夜がひろがる（by岡本太郎）

壱

「ヘックシュン！　……フンフン、夏風邪かな？」

「誰か、褒めとんちゃうか、知らんけど」

「別嬪さんやて？」

「せやせや、物事は、ええように思わんとな」

こちらも楽屋ネタに走るサイコとおかんだが……無視して本篇再開。

♪　こんにちは　こんにちは　西のくにから　こんにちは　こんにちは　東のくにから

八尾飛行場から飛来した広告飛行のセスナが、五月晴れの空を旋回し、若い女性の宣伝アナウンスの合間に、間延びした録音テープの万博テーマソング「世界の国からこんにちは」が流れていた。

擦れ違う路面電車の車体には、昭和の頃、バス停の待合でよく見かけたホーロー看板が懐かしい、「○○○○○軟膏」の広告ラッピングが施され、大量消費社会の、過熱し始めたCM競争が垣間見えた。

「あれ、『おちょやん』のモデルやんなぁ」

「せや、『浪花千栄子……でございます』や」

おかんの影響で、いつの間にかサイコが、毎朝見るようになったNHK朝の連ドラ。元祖・大阪のオカン、浪花千栄子の生涯を描いた件の作品は、現在放映中のドラマから三、四作前のものだった。ちなみに、本名の「南口《なんこう》キクノ（軟膏効くの）」が縁で、件のCM依頼が舞い込んだという。嘘のような本当の話だ。

朝の連ドラと言えば、いつだかハルクがぼやいていた。朝食の最中にテレビの音量を上げ、しかも朝のBS、地上波に続き、昼の再放送、週末ダイジェストと、おかんは全部欠かさず視聴する。サイコと違い、好きでも何でもないのに付き合わされる身としては、いい加減にしてくれと言いたくもなるだろう。

三度、天王寺駅前を発したモ161形の貸切車両、われらが「ビリケン号」は、戦時の記憶など、とうの昔に忘れられ、高度経済成長の集大成『大阪万博（EXPO'70）』に沸き立つ街並みを、いとも軽やかに走り抜けてゆく。

先ほど通り過ぎた姫松の待合には、今回もチン電を待つ一組のカップルの姿があった。いつの世も、青春の直中にいる者の身なりは時代を映す鏡のようで、待合椅子に寄り添う若い男女の、男の方は、上半身がマリンブルーのボタンダウンに、金ボタンの紺ブレザー。左胸にはお決まりのエンブレム。ズボンはダークグレーの綿パンに、茶色のローファーを履いて、典型的なアイビールックだ。片や女は、流行のチューリップ帽を被り、目にはトンボ眼鏡のサングラスをかけて、服はアメリカン・ヒッピーを意識した、カラフルな花柄のブラウス。下は、当時ラッパズボンと呼ばれたベルボトムのジーンズに、足元は言わずと知れた厚底サンダル。おまけに片手にファッション雑誌だ。現役モデルのサイコは、おそらく創刊間なしの「ａｎａｎ（アンアン）」と見たが、ともかく当時の「アンノン族」のはしりのようなスタイルだった。

一度ならず二度までも……通過するたび垣間見る、若き恋人たちの姿。自らの想い出と重ね合わせながら、サイコは、合縁奇縁の不思議さを感じていた。

快走するビリケン号はあびこ道を通過し、一路、終点・浜寺駅前を目指して、市境の大和川鉄橋を渡った。

『大大阪時代』の夢よ、もう一度……とばかり、『大阪万博』を契機に、阪神高速主要路線の整備や、路面の大阪市電に代わる御堂筋線の延伸、千日前線、堺筋《さかいすじ》線の開業と、地下鉄網が拡大。ほかにも、大阪国際（伊丹）空港の拡張など、巨大インフラの建設ラッシュにより、今僕らが事務所を置く通天閣界隈は、全国各地から集まった釜ヶ崎の日雇の作業員の安息の場として、一見近寄りがたいディープさを残しながら、かつての賑わいを取り戻していた。

だが、その一方で、万博の開始の翌月に死者七十九名・重軽傷四百二十名に及ぶ、地下鉄工事現場の「天六ガス爆発」、その二年後にはミナミの「千日デパートビル火災」（死者一一八名）と、未曽有の大惨事が大阪の市街地を襲い、また、釜ヶ崎の簡宿に寝泊まりする労働者の「重労働・低賃金・雇用不安」等の劣悪な労働環境が、次第に社会問題と化した時代でもあった。『人類の進歩と調和』を謳った『大阪万博』が閉幕した翌月に、就労周旋と福祉向上を目的とした釜ヶ崎「あいりんセンター」が竣工したのは、思えば、高度経済成長の明暗を分かつような出来事だった。

Ｔｅａｍビリーは、結局「摩耶観光ホテル」のオーナーが、馴染み客の家元から預かり物を受け取る場面に遭遇できなかった。オーナーから聞き出した待ち合わせ場所に先回りしたのはいいが、結局待ち人来たらず。代わりに現れた番頭風の男に何か耳打ちされ、頷いたオーナーが、手土産の神戸人形を託して、その場を後にした。

もちろん、博士の「ナビパラ」が的外れでないと信じてはいるが、そもそも約束どおり相手が現れたとして、預け物が僕らが探すビリケン像である確証など何一つなかった。

博士の提案で、そのまま少しだけ日時を先に回し、つまり純然たるタイムマシン機能を使って、駅の公衆電話からオーナーの連絡先に電話をかけた。当時まだ交換手経由だったが、大阪や神戸の空襲の影響か、あるいは、交換手の人手不足からか、何度かけても応答がなかった。

ならばと、ビリーの面々は、直接「摩耶観光ホテル」を訪ねた。ダビンチ君がいたから、ホテルの所在は調べるまでもなかったが、交通機関が寸断されたままで、辿り着くまで随分時間がかかった。やっとの思いで、ホテルを訪ねたときには、建物は閉鎖され、中に人の気配はなかった。

さてどうしたものかと、思案を巡らせながら建物の周囲を巡っていると、目の良いサイコが、ガラス張りの部屋の窓端に十センチほどの隙間を見つけたので、そこから腕を差し入れ、オーナーに貰った神戸人形の首に、折り畳んだメモ紙を巻き付けて、窓枠の上に置いた。メモには「Kyou・Amano」の前身、「あまの呉服店」の所在地と、「ルナパーク」にあったビリケン像を探している旨を記しておいた。「あまの」は、明治以前から続く老舗だ。それに京都の洛内は、便利なことに昔も今も町名はほとんど変わりなく、「上ル・下ル、西入ル・東入ル……」で、おおよその見当が付く。もし連絡があれば、宗一朗おじさんのことだ。なんとかして僕らに伝えてくれるに違いない。

このような経緯があって、しばらくその場にとどまったTeamビリーだが、何の音沙汰もなかったので、仕方なく、三度目の仕切り直しで、『大阪万博』真っ盛りの、このパラレルワールドに転位してきたというわけだった。

「ビリケン号」は、停まる気配を見せぬまま、目抜きの紀州街道に沿って、堺市街を南下。軽やかな足取りで、大小路から宿院へと進んでいた。

この辺りは、紀州街道と並行して、南北に走る熊野街道のほか、東へ延びる竹内・西高野・長尾の三路の旧街道の起点に当たり、昔からの交通の要衝だ。沿線には、かつて与謝野晶子の生家や千利休の屋敷があり、また、先に述べた住吉祭の二日目、「神輿渡御」の神輿が運ばれる宿院頓宮がある。この頓宮は、住吉大社の御旅所となった後、大鳥大社の摂社にもなっていて、毎年七月末日に「大鳥の夏大祭」、翌日に「住吉祭」と、二日続きで「神輿渡御」の神事が行われる希有な神社だった。

「宿院いうたら、そこになぁ」

とおかん。サイコ相手に、前方に見える停留場の手前奥を指差した。

「室町からやっとる、老舗の和菓子『本家小嶋』っちゅう、芥子餅《けしもち》の旨い店があんねん」

「ちょっと、小腹空いてきたし、食べたいなぁ」

「なんでも、利休はんが、大好物やったらしいで……知らんけど」

「そら、食べんと、バチ当たるわなぁ」

「愚僧も、一度、食べとうござる」

うたた寝していたはずの和尚さんまで、舌なめずり。そして三人、頷き合って、運転席に座る博士の背中をじっと見た。

熱い視線を感じた博士。

「残念ナガラ、自動運転ダ。オレノ意思デ、止メルワケニハイカナイ」

と抗弁。

「このミッションが終われば、わたしが買ってきますから」

車掌役のダビンチ君が、フォローした。


ところが、願いは天に通じたか。「ビリケン号」は、宿院停留場の前で速度を落とした。

「博士、まさか？」

思わず声をかけたダビンチ君に、

「イヤ、ドウヤラ、支線分岐ノ切リ替エガ、作動シタヨウダ」

冷静に答える博士。

「なんだぁ、つまんな〜い！」

「でも、こんなところに、支線なんてなかったですよ」

とダビンチ君。落胆するサイコらを現実に引き戻した。

「うん？　ちょっと待ってや」

何か心当たりでも思い起こすような仕草のおかん。切り替えが終わって、大きく右にカーブを切りながら、海側に進路を変えた「ビリケン号」の、いつもとは視界の角度が違う車外景色をしばらく目で追って、ようやく合点がいったようだ。

「これ、宿院から大浜海岸まで、行きよる線や」

おかんによると、あの『第五回内国博覧会』の第二会場に大浜公園が選ばれ、公園内に当時東洋一を誇った「陸の竜宮城」堺水族館が開設された。水族館は『内国博』終了後も存続。園内には、後に海水を引いた大浜潮湯や余興の少女歌劇が開設され、大阪市内から手近な行楽地として人気を集めた。大浜公園一帯は、突端に灯台が立つ堺旧港に面し、臨海工業地帯として沿岸の埋め立てが進むまでは、気軽に海水浴や潮干狩りを楽しむことができた。そんな大浜公園へのアクセスとして、明治末年、宿院本線から分岐した大浜支線が開業。始発の宿院から大浜海岸まで、停車場六駅、路線距離一・六キロの路面電車が走っていたという。

「せやけど、大浜線ちゃ、戦後再開しよったけど、ちょっとの間や。すぐ休止しよって、そのまんま廃線やで」

「休止は、いつのことですか？」

「いつやったかいな？　わての生まれる前には、違いあらへんけど」

ダビンチ君の問いに、そう答えるおかん。

「それなら、万博の年には、もうなかったはずですね」

ダビンチ君は、運転席の博士に向かって言った。

「ソウダナ」

振り返る博士。

「ドウヤラ、オレタチガ知ル過去トハ、異ナル世界ニ来タヨウダ」


人が何かを選択する場合、その選択肢の数だけ、同時並行する多重の現実、すなわちパラレルワールドが用意される。僕たちの周りには、一つ一つの選択ごとに枝分かれを繰り返す、無数の異なる世界が、毛細血管のように張り巡らされている。

そうすると、誰かの、ほんの些細な選択の違いによって、大浜支線が存続するパラレルワールドが創出され、Ｔｅａｍビリーは「ナビパラ」で転位を繰り返すうち、何かの弾みで、このパラレル世界に紛れ込んだということか。

大浜支線に入った「ビリケン号」は、南海本線乗り入れの龍神駅を通過し、小型漁船やヨットが係留された堺旧港を掠めて、僕らの知る史実では、すでに跡形もないはずの水族館前に差しかかっていた。まだ停まる気配はなかった。

「この世界に、僕らの探し物はあるんでしょうか?」

水族館の前庭に立つ龍女神(乙女)像を横目に、ダビンチ君。

今、ビリーの面々がいる世界が、探索中のビリケン、いや「ルナパーク」そのものが、史実として存在しなかった世界だとしても、別に驚くべき話ではない。現に出発前、「ビリケン堂」に鎮座する「ビリケーン」を目の当たりにしていたのだから。

「ソレデハ、尋ネルガ……」

ダビンチ君の顔を、真っすぐに見ながら博士。

「今ノ君ニ、ビリケンヤ、『ルナパーク』ノ記憶ハアルカ?」

「なるほど、そういうことですね」

合点がいったように、ダビンチ君が頷いた。

「ソノ記憶ガ在ル限リ、ビリケンハ、コノ世界ノドコカニ、存在スルハズダ」

意識が存在を決する。……如何にも哲学君が好む唯心論的テーマだが、それが真理かどうかは別にして、いつもながら博士の言葉には説得力があった。

※

旧灯台前の広場に腰かけたどこかで見たような二人連れ。

「あんなぁ、夏休みなったら、万博いけへんか？」

「うん、いきたい！」

十歳《とお》に満たぬ男の子が、目を輝かせながら、隣に座ったセーラー服の女学生の袖を摑んだ。

開幕から二箇月を過ぎた『大阪万博』。男の子が通う小学校でも、休み時間になると、スタンプ帳を広げて、パビリオンの入場記念のスタンプの数を競ったり、モノレールや動く歩道の解説、はたまた初めて飲んだ缶コーヒー、ファストフードの感想やら、教室内に喧《かまびす》しく飛び交い、子供心に肩身の狭い思いをしていた。

一見、睦まじい姉弟に見える二人だが、姉と思しき人の姿形に目をやると、せっかくの情景が台無し……としか言いようがなかった。

女学生らしくセーラー服こそ身に着けたものの、腕まくりした上着はあくまで短く、逆にスカートの丈は、道端を掃除して歩くのかと思われるほど長く、チリチリパーマに、眉は言わずと知れた剃り込み。また、お決まりのようにペッタンコ鞄を抱え、半世紀後の新型コロナの流行を先取りしたはずもなかろうが、顔の下半分、やたらとデカいマスクに覆われて……。要するに、今や絶滅危惧種の典型的なスケバン・ファッションだ。さすがに小学生の弟を目の前に、ウンコ座りとシケモクだけは我慢しているようだ。

いつしか沖合いに立ち昇った海霧が、水平線を朧げにしていた。ここは温暖な瀬戸内海の東端。しかも立夏を過ぎた季節に霧とは、随分と珍しいことだ。

「ハックショイ！」

突然、おかんが、馬鹿でかいクシャミを放った（サイコの次は、アンタか）。

「今、誰か、わての悪口、言うてへんかった？」

そう言って、背筋をゾクゾクッと震わせた（これぞ正しく、おかんの悪寒）。

「なにやら、魔性の気が、漂うてござる。愚僧が、お祓いいたそう」

突然呟いた和尚さん。ツカツカと進み出て、邪気を払う般若経を唱えた。

さて、件の姉弟が立ち去った後、ビリーのメンバーは、停留場のホームに降りたサイコが、また何の前触れもなく、突如透視した光景を求めて、旧灯台の前までやってきた。

「ビリケン号」は、阪堺大浜支線の終着・大浜海岸に停車し、そこから彼らは、潮干狩りの親子連れの間を擦り抜けて、湾岸を埋め尽くすはずの工場の煙突や鬱陶しく視界を遮る阪神高速の高架道が、影も形もない見晴らしの良い海岸伝いに、史跡の灯台が遺る堺旧港の突端まで、「神の手」に誘《いざな》われるように足を運んできたのだった。

ここが、廃止路線が現存する世界である以上、臨海の工場群や高速道路のほかにも、僕らが知る過去と異なる風景があったとしても、何ら不思議なことではない。

元の世界の史実によると、旧堺燈台は、一八七七年（明治十年）、堺旧港の南突堤に建てられた高さ十一メートル余の六角灯台で、現存する最古級の木製洋式灯台。完成後、百年近く、沖合いを航行する船舶の安全を守ったが、堺・泉北の臨海埋め立てに伴い、一九六八年（昭和四十三年）に灯台の役目を終え、解体・修復工事の後、国の史跡として保存された。

沖合いの海霧がいつの間にか海岸線まで流れ込んで、白亜の灯台は霧の中に溶けた。海上に張り出した土台の石組みだけが、ぼんやりと視界に浮かんでいた。

灯台の頭頂の突起した灯室から、どうした加減か、とうに役目を終えたサーチライトがチカチカと点滅し、しかも海側ではなく、陸のＴｅａｍビリーが佇む広場の方を照らした。

それが合図だったかのように、広場の隅の一角だけ霧が晴れ、中から大正モダンな白塗りの洋館が姿を現した。

洋館のガラス戸の玄関先を見ると、どこから現れたのか、雲水姿の四、五人の僧侶がいて、手にした錫杖を一斉に「シャカシャカ」と鳴らしたかと思うと、自動ドアのように扉が内側から開いた。

ビリーの面々が固唾を呑んで目を凝らしていると、僧侶たちは、縦一列に洋館の中に入っていった。そして、最後の一人が、思い出したように振り返って、こちらに何か合図でも送るかのように、もう一度錫杖を鳴らしてから、仲間の後を追った。


「ここ、ここに、間違いない！」

どうやらこれが、サイコが透視した建物のようだ。

「大丈夫でしょうか？　なんだか、鬼太郎アニメに、出てきそうな場面ですよ」

何か妖気でも感じるようにダビンチ君。

「イザトナレバ、コレヲ鳴ラス」

三度鳴らせば、元の世界に還ると、ギュッとチンベルを握り直す博士。

「しゃあない、お宝には、危険はつきもんや」

加勢するおかん。

「グリム童話の、『ヘンゼルとグ、テ、ー、レ、ス』のお菓子の家みたいなもんや。背に腹は代えられへん」

（譬えるのはいいが、おかん、グテーレスは国連事務総長だ）

おかんのスカタンが緊張の緩和を誘い、思わずダビンチ君も大笑い。お蔭で全員、肩の力が抜けたので、気を取り直し、雲水の僧侶の後を追って、洋館の扉を潜った。

海霧に冷えた外気と洋館内部の温度差のためだろうか、一瞬、ゾクリとした空気に身を包まれ、皆、思わず背筋を伸ばした。


扉の中は広々としたワンフロアで、大正末か昭和初期のレトロモダンな内装。四、五席の円卓とソファの向こうに、珈琲サイフォンが並んだカウンター、その奥に、ジャズ・スタンダードを奏でる朝顔型の蓄音機が置かれた、趣のある純喫茶風の店構えだった。

カウンターの中には、古稀は過ぎたと思しきマスターの姿。オールバックの銀髪を綺麗にポマードで固めて、背筋をピンと伸ばしていた。

さて、先客の僧侶たちは、と店内を見渡したが、どこにも姿は見当たらなかった。その代わりというわけじゃないが、左奥に、背の高いショウケースがいくつか並んだ一角があって、店主の趣味だろうか、古美術の壺や掛軸、彫刻に置物、民芸品の類いが、ぎっしりと飾られているのが見えた。


エリントンの名曲「A列車で行こう」が流れる店内に、ポコポコと沸騰したサイフォンの音が混ざり始めた。

頭の整理が付かないビリーの面々だったが、ともかくマスターの穏やかな笑みに促されるまま、手前の円卓に腰かけ、珈琲を待つ間、博士とダビンチ君は、今、自分たちがいるこの世界が、周知の過去とどの程度ズレているのかを推し量ろうと、近くの新聞立てから朝刊紙をいくつか取り出し、手分けして、三面記事を斜め読みしていた。

それを眺めていたサイコ。博士が広げた新聞の広告欄、盛りだくさんに並んだ週刊誌の見出しの中に、『『ビリケーン』作者の元愛人!? 噂の女将とその一子を追う!!』と書かれたゴシップを目敏く見付けた。詳しく読もうと、彼女が身を乗り出したとき、淹れ立ての珈琲を運んできたマスターの姿が、間近に視界に入った。

今までカウンターに置かれた物の陰に隠れ、その身なりがよく見えなかったが、上は、白のワイシャツに蝶ネクタイ、下は、折り目がピンと張り、皺一つない黒のタックズボン……そう、サイコが住吉大社の相撲場で透視した人物と瓜二つの恰好だった。

「あれっ?」

思わず、口を開いたサイコが、

「マスター、昔、『田村駒』の娘さんの、仲人……したとか?」

と、直球すぎる質問。ゴシップ記事など、すっかり頭から消し飛んでしまったようだ。

「なんのことでしょうか? 見てのとおり、わたしは、しがない喫茶店のマスターです」

確かにそのとおりだ。ここは、Ｔｅａｍビリーが「田村駒ビルヂング」を訪ねた『大大阪時代』から五十年近くも経った、全く異なるパラレルワールドなのだ。

「他人のそら似、よくある話です」

マスターは、軽く笑みを浮かべ、人数分の珈琲カップをセットした後、砂糖やミルクの添物と同じように、さり気なく折り畳んだメモをテーブルに置き、意外なことを口にした。

「皆様に、お伝えしたいことがあります」

促されるまま、メモ紙を開いた博士。

「ドウシテ、コレガ……」

そこに書かれた文字は、見慣れた右肩上がりの筆跡。思わず、正面に座るサイコにそのメモを手渡した。

「アラ、まっ！」

サイコは、素っ頓狂な声を上げて、「あまの呉服店」の所在を記した自筆のメモを、穴が開くほど眺めた。この店は不思議なことばかりだ。

「驚かせて、申しわけありません」

深々と頭《こうべ》を下げたマスター。

「実は、馴染みのお客様から言づてを頼まれ、あなた方が訪ねてこられるのを、お待ちしておりました」

穏やかな表情のまま、一通の封書を差し出した。

「つい先ほどまで、ここにおられたんですが、なにやら、急用ができたようで……」

マスターの言葉を聞きながら、仲間に目配せして、博士が封を切った。

中には一枚の便箋が入っていて、「摩耶観光ホテルのオーナーから、貴方方の話を聞きました。探し物は、ここにあるはずです」と、達筆の行書で認《したた》められ、訪ねるべき日時・場所、そして末尾に「風狂茶人」の雅号の後ろに、「きさらぎに／桜鷲く／暑さ哉」と、まるで判じ物のように、正岡子規の句が記されてあった。

「案外、灯台下《もと》暗し……かもしれません」

どこまで事情を知っているのか、含み笑いを漏らすマスターに、

「すぐそこが、灯台だけに」

大喜利慣れか、咄嗟に茶利で返したおかんだが、何か思い当たったものと見え、口元まで運んだ珈琲カップを、ガチャンと皿に戻して、

「すぐ、気ぃつかんかったんやが、これこれ！」

鷲摑みにした便箋を突き出して、仲間の目の前に翳して見せた。

なるほど。こりゃ本当に灯台下暗しだ。

貳

「オレ、いっぺん、『超絶ラーメン』、喰ってみたい」

「ほんとの話なら、旨いんやろなぁ」

「哲学同好会の先輩が、食べた人に聞いた話じゃ、ニーチェの『超人』を凌駕する味、と言ってたな」

「どんな味やねん、それ？」

土産物店が軒を連ねる坂道を下りながら、僕らは、他愛ない戯言を交わしていた。

前を行く多くの観光客の背中に見え隠れしながら、薄闇の東大路が、往き来する車のヘッドライトを浴びて、鈍色に光っていた。

四人が話した「超絶ラーメン」とは、一時期、京都の大学キャンパスを実《まこと》しやかに駆け巡った絶品の屋台ラーメンの噂だった。オリンピックの如く四年に一度、しかもたった一日だけ、薄暮の北大路か東大路に忽然と現れ、運良く出くわした人は、「ラーメンの神様」から一生食い扶持に困らない「食福」を授かる。昔ながらの「♪ソラシーラソー　ソラシラソラー」のメロディーを奏でて屋台を引く、謎のおやじが吹き鳴らすのは、チャルメラではなく、ニニ・ロッソ張りの鮮やかなトランペットだという。一説によると、おやじは天空の住人で、ローマ神話の運命の女神・フォルトゥーナの使い。道楽で作るラーメンを四年に一度、下界の人間に振る舞うのだという。……が、もちろん、暇な学生の、馬鹿げた作り話に違いなかろう。

長い夏の陽がようやく沈んで、すり鉢底の京都の街も、さすがに暑さが和らいできた。「八坂さん、清水さん」と、まるで隣家の庭のように慣れ親しんだ東山山麓を背に、清水坂を下り、東大路通を越えて、松原通を進めば、ほどなく西福寺脇の『六道の辻』碑に至る。その一本北の八坂通に入れば、建仁寺を本山とする臨済宗建仁寺派の「六道珍皇寺」がある。

地元の人が親しみを込め、「六道さん」と呼ぶ「六道珍皇寺」は、近頃、あの世とこの世を結ぶ霊感スポットとして、霊界マニアの若い世代に人気のようだ。

この辺りは、古くから「東の鳥辺野《とりべの》、西の化野《あだしの》」と言われた葬送の地・鳥辺野に隣接することから、現世と冥界の境『六道の辻』と呼ばれ、また、「珍皇寺《ちんのうじ》」の境内やその近くに、朝廷人で閻魔にも仕えた小野 篁《おののたかむら》が、冥界との往き来に使ったという「冥土通い」「黄泉がえり」の井戸がある。

京都では毎年、盂蘭盆に先立って、八月七日から十日までの間、『六道まいり』をして祖先の御霊を迎え、十六日の送り盆に、「五山送り火」で黄泉の国へ返す。その『六道まいり』が行われるのが「六道珍皇寺」だった。

先日、廃虚の「摩耶観光ホテル」で、元支配人に聞いた所有者不明の荒れ地を訪ねるべく、僕たちTeamタローは、『六道まいり』の初日、久しぶりに清水さんに参詣した後、観光客の群れに混じって、陽が落ちた清水坂を下った。

コロナ以前のインバウンドの賑わいに比べるべくもないが、休日と『六道まいり』が重なったためか、八坂・清水界隈は、日没後も結構な賑わいだった。

「せやけど、支配人のばあちゃんが言うてたとこ、確か、『六道の辻』のあたりやろ？」

と商人君。ながらスマホで経路を追った。

「ここらへん、よう歩いとるがな。んな、荒れ地みたいな、見たことあらへんで」

確かに商人君の言うとおり、生まれてこの方京都在住の僕にも、教えられた地番が何かの勘違いとしか思えなかった。

東大路の向こうから鐘の音が響いた。おそらく『六道まいり』の参拝者が、「迎え鐘」を撞く音だろう。「珍皇寺」の鐘は、十万億土彼方の冥土まで響き、祖先の御霊は、その鐘の音に呼び寄せられ、この世へ還ると言い伝えられていた。

東大路を越え、松原通に入る頃、辺りは夜の帳が降り始めた。物の怪に詳しいダビンチ君なら、さしずめ『逢魔《おうま》が時』が過ぎる時刻とでも言いそうだ。

京都の街は風情を大切にするためか、大通りを外れると、街路灯の明かりが疎らになるのだが、上手い具合に、前を歩くハルクの首に下がった土偶人形のジュニアが、懐中電灯代わりに行く手を照らした。腰に巻いた『地底の太陽』のミニチュアベルトに、自動点灯式LEDがはめ込まれ、周囲の暗さに合わせて、センサーが点灯、照度も調整してくれた。

松原通に入ると、『六道まいり』の老若男女の群れが行き交い、中には涼しげな浴衣姿も混じって、京都の夏の夜の風物詩を彩った。また、「珍皇寺」境内に吊るされた、奉納提灯とカンテラの灯が門前を照らし、夜空に響く物売りの声が、親子連れの子供たちの耳をそばだてた。

「珍皇寺」の角を過ぎると、『六道の辻』に至る道は、街灯の間隔が一段と広がって、ジュニアの明かりだけが頼りになった。

網代笠の托鉢僧が二人、「ホオォ〜オ……」と、詩吟のように唱えながら、行く手の薄闇の中から現れた。

京都に生まれ育った者の習いか、僕は擦れ違いざま、立ち止まって、各々の僧侶が首から提げた頭陀袋に心ばかりの喜捨を入れた。

托鉢を受けた僧侶は、一振り錫杖を鳴らし、また、闇の中へ消えた。

京都の街はお寺には事欠かないし、托鉢も見慣れた日常風景だが、夜間の行脚は、滅多に出会ったことがなかった。


「ここらへんや」

托鉢僧の後ろ姿を見送って、地図アプリを確認する商人君。その顔が、肝試しの幽霊みたいに青白く、暗闇に浮かび上がった。

「商人の顔、マジ、こわい」

思わず、口に出すハルク。その後ろで、見えない手元でシステム手帳を開いて、器用にペンを走らせる哲学君。

「ちょっと、待って」

彼らのやり取りをよそに、なんとなく違和感を抱いた僕は、ハルクの首からジュニア人形を外して、少し先の道端を照らした。

すると、そこに全く僕の記憶にない鬱蒼とした竹林と、その中を抜ける一本の小径が見えた。商人君にスマホ地図を拡大してもらうと、どうやら位置的には、径の先がゴールのようだった。

「こんな、おっきな竹藪、なかったでぇ」

首を捻る商人君。

「しかも、見たこともない花が、咲いている」

記録担当の哲学君。道端に植わった竹に額を寄せ、細い枝先から稲穂のように垂れ下がった花を観察した。

竹林一面に咲き乱れる薄緑の花。……僕は小さい頃、母から聞いた憶えがある。竹はおよそ百年に一度花を咲かせる。竹林は一藪全体が地下茎で繋がった運命共同体。一斉に開花し、実が落ちると、天寿を全うしたように、竹林は立ち枯れる。昔の人は、これを天変地異か、不吉の予兆と恐れたという。

ただ母の話だと、竹の開花は春で、こんな暑い盛りに花を咲かせるのは不思議なことだ。だが、その不思議さがかえって、僕らの願いを叶えてくれそうな気がした。

「まぁ、ダメ元で、行ってみよ！」

勇ましく言った商人君だが、ハルクの背中を押し、盾にするように竹林の径へ。その後を哲学君と僕が続いた。

竹林を抜けると、正面にポツンと鄙びた草庵。僕らは無言で頷き、『如月堂』の扁額がかかった庵戸を叩いた。

※

「お待ちしておりました」

和装の主が、穏やかな表情で口を開いた。

渡り廊下を伝い、案内された離れの茶室。水墨の掛軸がかかった床の間の、茶道具とともに置かれた香炉から、しっとりとした上品な香りが立ち昇っていた。

「このような、むさい庵に、ようお越しくだされた」

珍客の来訪を予期していたのか、炭火にかけた茶釜は、すでにほどよい湯加減になっていたようで、庵主は天目碗に茶を点じ、京菓子を添えて、僕らを持てなした。

「また、先日は、ご無礼しました。お代は、さるお方を通じ、お返ししました故、どうか、ご容赦くだされ」

庵の主はやはり、万博のお祭り広場に出ていた古美術店の店主だった。あのときは暗がりで、奥にいた主人の顔は定かではなかったが、この茶室に漂う凛と張り詰めた空気感は、確かに同じような気がした。

庵主曰く、三つ巴の勾玉を身に着けた者でないと、この庵を訪ねることはできない。そうでない者の目には、ただの荒れ地にしか映らない。と言うことは、主人は端から、僕たちをここに招こうとしていたことになる。それも随分手の込んだやり方で。

「お点前、頂戴いたします」

型どおり述べ、最初に僕が一服した後、隣のハルク以下、同様の所作を繰り返した。貧乏公家とはいえ、かつての堂上家の末裔だ。茶道の作法くらいは、僕も当たり前のことのように躾けられていた。

半ば障子を開けた円窓から月明かりが射し込み、茶室に向き合う主客の姿をくっきりと照らし出した。

「ところで、鷹司の清花様は、お達者かな？」

使い終わった茶道具を床板の脇に寄せ、『如月堂』の主人は、意外なことを口にした。

「とんとご無沙汰しておりますが、おいくつになられましたかなぁ」

「御前様を、ご存じなんですか？」

「随分昔のことじゃが、一頃、丸太町のお屋敷に、出入りを許されておりましてな」

思わず尋ねた僕に、主人は、古い記憶を呼び覚ますようにゆっくり言葉を継ぐと、着流しの懐から二つ折りの袱紗《ふくさ》を取り出し、正座した僕の膝元に置いた。

「もう、八十年以上前のことじゃが、まぁご覧下され」

促されるまま、僕は袱紗を開き、一枚の葉書大の写真を見た。

それは古びたモノクロの屋外写真だった。芸術家然とした五、六人の欧米人の輪の中心に、身体を少し斜に構え、颯爽とした若き日のオカモトタローの姿。そして、その右隣に寄り添ううら若き良家の令嬢。今では幾星霜の年輪を刻んでしまったが、その面差しは、清花御前に間違いなかった。

「へェ～、鷹司のばあちゃん、あのタローはんと、ええ仲やったんか」

「おばば様、スゴい」

大仰に驚く商人君と、感嘆するハルク。

「言うても、摂政・関白やった家や。べっぴんさんやし、モテたやろ」

「詳しくは存じ上げぬが、お父上の公爵閣下が、欧州視察に行かれた折、清花様も随行された。ですが、途中から閣下と別れ、しばらくパリに滞在していたようですな。この写真は、街中が、『巴里祭』の準備に慌ただしい夏の日、セーヌ川に架かる、『ポン・デザール』の橋で写したものと、聞き及んでおるがのう」

なるほど、そういうことかと納得しかけたとき、僕はふと、写真の左端に、ワイシャツに蝶ネクタイと細身のタックのズボン、片手にステッキを持った、若い貴公子が写っていることに気付いた。その人は、老若や服装の違いこそあれ、今こうして僕らが対座する庵主と同一人と言われれば、素直に頷けるほど姿形が似通っていた。ただ、それでは優に百歳を超える計算になって、常識的にはあり得ない話だ。父親か、近親の血縁者なのだろうか。しかしながら、庵主がこの貴公子について一言も触れない以上、こちらから突っ込んで尋ねることがなんとなく憚られた。


「でも、どうして、この写真が……？」

気を取り直し、別の問いかけをする僕に、主人は、

「タローさんから、生前、預かったもの。ちょっとした知り合いでしてな」

そうさらりと返した。タローとどのような関係があるのか、少し気になったが、これも受け流して、僕は、

「『ポン・デザール』って、『愛の南京錠』で、知られるところですよね」

と、別のことを口にした。

「よく、ご存じじゃな」

「清花御前の、曾孫に当たる娘さんから、土産話に教えてもらいました。高校時代、パリに留学していたそうです」

「ほほう、血筋は争えぬものじゃ」

相好を崩して、主人は、写真に纏わる話を続けた。

第二次世界大戦前夜。戦雲が色濃く影を落とす真夏のパリは、それでも革命記念を祝う『巴里祭』を間近に控え、巷は活気に溢れていた。タローはじめ、モンマルトルに集う若き芸術家たちは、その日、行き付けのカフェで朝食を摂った後、オペラ座近くのサンマルタン通りを越え、凱旋門へ続くシャンゼリゼの起点にあるコンコルド広場から、子供たちが水浴びするセーヌ川の岸辺を歩いて、「ポン・デザール」の橋の袂に出たという。

橋の上の写真には、若き日のタローや清花御前らの背後に、新聞の売り子、花や風船を売る出店が犇き、頭上は雲一つない青空。きたるべき『巴里祭』を祝うためだろうか、凱旋門の空高く、十機近くの熱気球が浮かんでいた。

円窓から望む月がいつの間にか雲に翳り、茶室の隅に置かれた座敷行灯が、仄かな灯を浮かべていた。

「こんな年寄りの戯言に、お若い方を、長う足止めするのも、如何なものか……」

口調を改めた主人。

「貴方方をお待ち申し上げたのは、この写真を、清花様にお渡し願いたいこと、今ひとつは、貴方方のお探し物は、清花様がよくご存じで、それをお伝えしたかった」

主人の言葉を契機に、僕らは茶室を後にした。

別れ際、母屋から漏れる鈍色の灯を頼りに、ハルクが、ジュニアの首から勾玉の首飾りを外し、元の主に返そうとしたが、庵主は、

「そのまま、お持ちくだされ」

柔らかく制して、曰く、古来勾玉は、そこに宿る祖先の力により邪霊から身を守ると伝えられている。勾玉を二つ繋げば縁結びとなり、三つ巴に重ねれば、森羅万象、宇宙のすべてを包み込む。

「どこぞで、また、貴方方の、お役に立つやもしれぬでな」

謎めいた笑みを浮かべたかと思うと、また何か思い出したのか、すぐさま表情を変え、

「うっかりしておって、申しわけない。年はとりたくないものですな」

そう言って、着物の袖口から何やら棒状の物を取り出し、返しそびれた勾玉を手にしたままのハルクの掌《たなごころ》に載せた。

「お仲間の、お忘れ物です」

言い残して、主は踵を返し、母屋の方に姿を消した。

慌ててハルクが、首にかけたジュニアのベルトをオートライトに戻すと、そこに、見覚えのある和尚さんの経文扇子が浮かび上がった。

どこでどうなって、『如月堂』の主人の手に渡ったのか、思わず、額を寄せる僕たち。

「質、入れたか？」

「アホ言え。こんなボロ扇子に、誰が、金貸すねん」

ハルクの言葉を一蹴して、商人君。

「和尚のこっちゃ、どうせ誰ぞに、ええ加減なお経あげて、もろたお布施に喜んで、うっかり、どこぞに忘れよったんやろ」

見てきたように断じた。


ああだこうだ言っても仕方ない。あとで和尚さんに聞けばわかる。そう思って、僕らが顔を上げたら、ほんの今し方まであった『如月堂』の庵も、辺り一面、満開に花開いた竹林も、物の見事に消え去って、あとはただ、広大な夜の闇が広がるばかりだった。

ここは、擦れ違う無数の現実世界を繋ぐ場所。忽然と現れては消える、時空の交差点のような所かもしれない。そんな他愛ない空想を抱きながら、僕らはその場を後にした。

Chapitre 7　septième《セティエム》　グラスの底に顔があってもいいじゃないか（by岡本太郎）

壱

最前列に陣取るおばちゃん連の罵倒だか声援だか、さっぱりわからないダミ声を浴びながら、初日のゲスト・嘉門達夫は舞台を下りた。

それを機に、私服姿の高校生らしき三人のグループが、人波を掻き分けて、イベント会場を後にした。

「せっかく、ここまで来たから、ついでに、四天王寺さん、詣っとけへん？」

先を行く女子が振り向いた。ボーイッシュなケンゾーキャップに、わざとピッタリ感を外したような、エレガントなシャーベットカラーのワンピースに身を包んだその姿には、逆に流行を先読みするセンスが感じられた。

彼女が言うように、四天王寺にある元三大師堂は合格祈願で知られ、毎年正月、智慧の輪を潜って、成就を願う行事がある。

「オレ、ボロボロやった。もう、神様・仏様に、頼るしかない」

そう呟いて、言葉の主は肩をすぼめたつもりだが、見た目が筋肉質の大男だ。「ワイルドだろぉ」で流行語大賞を受賞したスギちゃんのように、両袖を切り取ったノースリーブのGジャンからはみ出た腕は、丸太ん棒のように太くて固かった。だからというわけじゃないが、弱音を吐いても、傍目には落ち込んでいるふうには見えなかった。

天王寺・阿倍野界隈は予備校や学習塾が多い。おそらくこのグループも、夏休みの全統模試でも受けた帰りなのだろう。

「大丈夫。たぶん、みんな、似たような結果だろう」

と宥め役の青年。先の女子とは逆に、こちらは流行とは縁遠く、金太郎飴みたいにどこを切っても同じような、これと言って特徴のないありふれた風体だった。

「わたしも自信ない。でも、心配せんでも、わたしらの志望校って、偏差値低いし」

件の女子は、屈託なく笑いながら、

「そうそう、通天閣の下に、美味しい串カツ屋さんがあるんや。ビリケンさんみたい顔した、おっちゃんが揚げてるんやけど、味はピカイチやて。そやから、景気よく、『串・勝つ』で、腹拵えして、四天王寺さん、お詣りしょ」

と大男を励ました。

通天閣を尻目に、模試帰りのグループが、お目当ての串カツ店を探し始めたとき、どこからか墨染衣を着た一人の行脚僧が現れ、

「阿弥陀様のご加護を」

そう呟いて、「南無阿弥陀仏」と掌を合わせたかと思うと、クルリと踵を返し、そのままスタスタと立ち去った。

「あのぼんさん、知り合いか?」

大男の問いに、大きく首を振るファッション通の女子と、金太郎飴のフツオ君。

「ま、ええっか」

口を揃えた三人。それより串カツだと、軒を連ねる飲食店を見渡しながら、店の目印と聞いた「招き猫ビリケン」の姿を探した。

※

中国人観光客をはじめとする、爆発的なインバウンドが起きる少し前。二〇一二年(平成二十四年)七月末の新世界は、『大阪万博』以降、長らく続いた低迷を脱しつつあった頃だ。二日目のイベントは、休日と夏休みが重なったこともあってか、そこここに親子連れの元気な子供のはしゃぎ声が響き、僕たちがここに事務所を移すことになる十年後と、さして変わらぬ賑わいを見せていた。

「新世界百年祭」のパンフを片手に、Ｔｅａｍビリーのメンバーは、前日件の受験生グループがいたのと同じ会場の人混みの中にいた。そこは「百年祭」のメインキャラ、着ぐるみの「キン肉マン」が、揉みくちゃになりながら、子供たちに握手して回る催しと並行して、特設ステージでは、売り出し中の若手芸人が、得意のマシンガントークで集まった観客を笑わせていた。

少し離れた別の会場では、異色の「絡みアイドル」として人気急上昇、平均年齢六十半ばの「オバチャーン」のライブコンサートが行われていたが、こちらの方は、日々おかんと接する『暇人』の面々には、もう勘弁してくれと言いたい催しだった。

新世界が百年の節目を迎えるに当たり、さまざまな式典やイベントが開催された。その間、ご当地のシンボル・通天閣には、在りし日の「ルナパーク」ジオラマが展示され、また、五階の展望台は、金箔を張り巡らせたように金ピカにリニューアル、金髪の三代目ビリケンが新調された。通天閣以外でも、われらが「福ダルマ」のライバル、大関チェーンが居を構える「ルナパーク」跡地のビルの一階に、新しく「ビリケン神社」が誕生し、ブロンズのビリケン像が安置されるなど、さまざまなイベントを通じて、新世界へのさらなる集客が図られた。これが僕たちがいた元の世界の史実のあらましだった。

「ざこば師匠の出番、まだかいな」

独り言ちて、パンフから視線を上げるおかん。

「わては、かめへんねやで。せやけど、みんな、ぼちぼち、お腹空いてきたやろ。ざこば師匠には、不義理やが、そろそろ『福ダルマ』行こか」

「せやね、わたしもええんやけど、ほかの人に悪いから、食べに行こう」

まだ三時を過ぎたばかりだ。結局、自分たちの小腹を満たしたいだけだ。……とはいえ、「福ダルマ」に用があるのは間違いなから、博士もダビンチ君も、あえて異を唱えなかった。無論和尚さんが反対するわけがない。日頃ハルクやサイコらの陰に隠れて、それほど目に付かないが、和尚さんの食いしん坊も、並大抵ではなかった。


Ｔｅａｍビリーは、旧堺燈台の広場の、レトロモダンな純喫茶のマスターから託された手紙を携え、再び「ビリケン号」に乗って折り返した。宿院から本線に入ったとき、運転席の博士が、手にしたチンベルを三度鳴らして、次の目的地への転位を告げた。

すると、たった今通過した支線の軌道が忽然と消え、街並みが一変した。それが、件の手紙に記された日付、すなわち「新世界百年祭」の二日目。そして、訪ねるべき場所は、驚くなかれ、通天閣下の串カツ「福ダルマ」というわけだった。

折り返し途中、例の姫松の待合所には、また同じように一組のカップルが肩を並べて腰かけていた。どこかの私立高の生徒か、夏物の制服を着た日焼け顔の男女。男の手には、ネットに包んだサッカーボール。他校との試合帰りに途中下車したのだろうか。女子は、マネージャーか、それとも応援にきたクラスメイトか。

『えっ、今、何年前の世界なん？　ちょっと待って。このシチュエーションって……』

出かけた声をグッと喉元で堪えたサイコ。待合の長椅子に無言で佇む二人の面影を、胸ときめかせながら見送った。


『暇人』が十年後に事務所を置く、串カツ「福ダルマ」は、夏休みの日曜日というのに、店の前には、ズドンと「閉店」の立て看板。そして、いつもは店先にある看板の「招き猫ビリケン」は、店内に仕舞ったのか、姿が見えなかった。

「こんな書き入れどき、休むて、さすが『福ダルマ』はん、結構なご身分やなぁ」

聞こえよがしに憎まれ口を叩きながら、勝手知ったるおかん。通用口からズカズカと店内に闖入し、ほかの者も後に続いた。


店の中では、ビリケンおやじこと二代目店主の福次郎が、招き猫の着ぐるみを脱がせたブロンズのビリケン像を丁寧に磨いていた。

「福ちゃん、あんた、今日ら稼ぎどきに、なに暢気なことしとんや」

呆れ顔のおかんに負けじと、ビリケンおやじ、

「自分とこだけ儲けんのが、商売やあらへんで。わしゃ、新世界全体のこと、考えとるんやさかい」

と返して、胸を張った。

聞けば、「新世界生誕百年」記念の一環として、昔「ルナパーク」の「ビリケン堂」があった辺りに、新たに「ビリケン神社」を建立する。来月の落成式に、ご神体として、先代がこの地に店を構えて以来、看板として受け継がれた、このビリケン像を奉納することになった。専門業者に修復・色直しを依頼し、仕上げの研磨が終わって、ついさっき戻ってきたところだという。

「商売敵の『大関』がおるとこ……ちゅうのが、気に入らんがなぁ、あっこが、初めにビリケンさんがおったとこや。ケツの穴のちっちゃいこと言うても、しゃあないわ」

さすが、通天閣商店会を代表する頭領だ。

「せやけど、新しい神社に、奉納すんやったら、店のお古違《ちご》て、金ピカのええの、拵えたらええやん」

「あのな、おぎんちゃん、うちのビリケンのご利益、知らんのかいな。こいつのお蔭で、うちゃ、ここまで、店大きできたんやで」

奉納用を新調するのではなく、老舗の商売繁栄に貢献してきた看板ビリケンをお礼返しに、新世界発展のため供出する。しかも、「ビリケン神社」建立の費用の大半を寄付したと言うのだから、おやじの言葉には十分重みがあった。

「んなことより、どうせ、小腹空いてんねやろ。日本一の串、喰わしたるがな」

「バレたか」

照れ笑いで、カウンターに腰を下ろしたおかんを見て、大笑いのビリケンおやじ。仕方ないというふうに、串カツを揚げる用意を始めた。元々夜は店を開ける腹積もりだったのか、営業の準備はできていたようだ。


「ところで、おぎんちゃん、なんや、この若い衆、みんな、どっかで見たような気ぃすんねけど、思い出されへん。ぎんちゃんの手下か？」

「なに言うとん、ボケてんのかいな」

怪訝顔のおかん。だが、隣に座ったダビンチ君が、ヒョウ柄着物の袖口を引っ張って、目で合図した。

「あぁ、せやった」

一瞬の間を置き、ハタと気づいたおかん。

「あんたら、まだ、生まれとらんな」

って、それは言い過ぎだ。高校生か、年嵩は大学生のはずだ。ただし、和尚さんを除いての話だ。和尚さんの実年齢は、本当のところ誰も知らなかった。

とりあえず腹拵えと、おかんを真ん中に、カウンターの左右に並んだビリーの面々。用件を切り出す前に、おやじの偏固とは裏腹、味は申し分ない串カツに舌鼓を打った。

近日奉納するブロンズのビリケン像は、ピカピカに磨かれたあと、大型衣装ケースに収められ、揚げ物の油がかからぬよう、調理台から離れた厨房の奥に立てかけられた。

何気なく見ると、ビリケンの衣装ケースの横には、長脚のスタンドテーブルが置かれ、その上に極彩色の彫像風の陶器が飾られてあった。博士の「ナビパラ」実験で見たのと同じ、台風の渦のような雲をマフラー代わりに首に巻いて、貌付きは一目で作者が思い浮かぶ、あの目鼻立ちだった。

追加の串が揚がるのを待つ間、世間話にサイコが尋ねると、おやじ曰く、先代がどこから手に入れたもので、作品名は、やっぱり「ビリケーン」。作者はオカモトタロー。制作年月は不明だが、一説によると、早熟のタローが小学生の頃に作ったデビュー作と言われ、将来、再び大阪で万博が開催されれば、『太陽の塔』を生む原点の作品として、主催者に寄贈したいとのことだった。

遊び心はいいが、専門家のダビンチ君に聞くまでもなく、タローの作品にそんなものはない。ただの紛い物か、あるいは、ここも、僕たちの知る過去とは別のパラレルワールドなのかもしれない。それなら、実験で見た「ビリケーン」も、本当に小学生のタローの作品かもしれない。しかし、どんなに捻れた過去であろうと、とにかく、行方不明のビリケンを探し当て、元の世界に戻れさえすれば、目的は達成できる。だから、今は、面倒なことは考えずにおこう。

※

話の邪魔をしてはいけないと、消音にした厨房のテレビ画面に、昔、どこかで出会ったような医師が、診察着姿のままインタビューに応じている様子が映っていた。

胸ポケットに差し入れた携帯電話の、ストラップにしては大きすぎる土偶のマスコットが、医師という職業柄の厳めしさに、どこかしら和らぎを与えているふうだった。

「……というわけで、当時、『ルナパーク』に奉られていた、ビリケンさんの行方を追い、紆余曲折を経て、この場所に至ったのです」

テレビの画面など気にすることもなく、ダビンチ君が話を締めた。

Ｔｅａｍビリーを代表し、博士とダビンチ君が掻い摘まんで「福ダルマ」訪問の趣旨を語った。ただし、自分たちが十年後の未来から来たことは、説明が難しいので割愛した。

サイコとおかん、和尚さんの三人は、小腹を満たすと言うには、度を超した山盛りの串に、仕事帰りのおっちゃん連中に出す特別メニューを付け、ビールに焼酎、日本酒をチャンポンした爆弾酒まで注文したものだから、案の定、ビリケン探しなどどこ吹く風と、広いテーブルに場を移して、大酒盛りを始めた。

時折思い出したように、和尚さんが、僧衣の袖口に手を入れ、何か探すような仕草をして、「どこで、置き忘れたので御座ろう」と独り言ち、そのたび、おかんが「まぁええがな、知らんけど」と宥めつつ、両手に抱えたピッチャーから和尚さんのジョッキに、なみなみと爆弾酒を注いでいた。……そんなこんなで、勢い、酒が強くない博士と律儀なダビンチ君の二人が、職務に専念せざるを得ない状況だった。


博士とダビンチ君の話を、厨房の中で腕組みして聞いていたビリケンおやじ、

「ああ、あの、初代のビリケンさんなぁ」

何か思い当たる節でもあるのか、大きく頷いた。

「わしゃ、東大の安田講堂の一件で、ブタ箱、放り込まれたあと、渋々、店の手伝《てった》いするようになったんやが、その時分や。そや、万博始まって間なしやったわ」

そう切り出して、おやじが言うには、先日、金髪ビリケンに代替わりするまで、通天閣に鎮座した二代目のビリケンは、「新世界にかつての賑わいを」の願いを込め、お膝元の通天閣商店街を含めた新世界商店連合会が出資して、一九七九年（昭和五十四年）に復元されたもので、このアメリカ由来の幸福の神を初めて商標登録した、田村駒で祀られてい

たビリケン像をモデルにしたというのが、世間一般に知られた話だ。

しかしながら、経緯は少し違っていて、元々、ビリケンおやじの父、先代オーナーの福太郎が自腹を切り、通天閣にビリケン像を奉納する計画を進めていた。関係者の了解を得、周囲を驚かそうと、誰もが納得する立派なビリケン像を秘密裏に調達。準備万端整った矢先に、福太郎は心臓発作を起こし、呆気なく帰らぬ人となって、計画は頓挫した。調達したビリケン像の行方も知れぬまま、十年の時を経て、福太郎の遺志を継いだ商店街の世話役らが音頭を取って、半世紀ぶりに新調されたビリケンが聖地に戻ったという次第だ。

「ソンナ立テ続ケニ……」

おやじの話を聞き終わって、首を捻る博士。

「ナンダカ、ビリケン自ラ、現レル時ト場所ヲ、決メテイルヨウダ」

二代目に収まるはずだったビリケンも、初代に続いて所在不明になるとは……。確かに、どこかで常識を超えた力が働いていると思いたくなる。

「先代オーナーが手に入れた、ビリケンさんの行方ですが、小さなことでもいいので、なにか、気にとまることはなかったでしょうか?」

ダビンチ君も、二つのビリケン像の行方不明が、偶然のこととは思っていないようだ。

「そういや、発作起こす、二、三日前の晩やったかいな」

ビリケンそっくりの狐目の眉間を寄せながら、おやじは、古い記憶を呼び起こした。

「滅多に酒飲まん、親父の晩酌、つき合わされたんや。そんとき、上機嫌でなぁ、ハナ肇の声色まねて、『アッと驚く為五郎やで、ほんまに……』って、何回も言うとったわ」

「ソレハ、奉納シヨウトシタ、ビリケンノコトデスカ？」

「わしも、ようわからんから、なんやねんって、聞いたんや。ほたら、『ビリケンのことはビリケンに聞け』言うて、そのまんま、鼾かいて、寝てまいよった。せやから、結局、なんのこっちゃ、わからん終いや」

ビリケンおやじの、そんな要領を得ない話を聞いた途端、博士とダビンチ君は、笑顔でハイタッチした。

「モウヒトツ、教エテイタダキタイ」

真顔に戻った博士の言葉を引き取って、ダビンチ君が、

「先代オーナーが、ビリケン奉納に奔走しているとき、ひょっとして、こんな人、訪ねてきませんでしたか？」

仕事柄、いつも持ち歩いているA6の小型クロッキー帳を取り出し、デッサン鉛筆片手に、ササッと誰かの似顔を描いて、厨房のビリケンおやじに見せた。

「せやせや、これとよう似た、変なやつが、出入りしとったわ」

変人おやじに、変と言われる筋合いはない。言わずもがなのことだが、ダビンチ君が描

いた素描画は、ステッキ片手に、蝶ネクタイのワイシャツ、皺一つないタックズボンを穿いた、純喫茶のマスターの素描だった。

互いの推理を照らし合わせた博士とダビンチ君。一息入れるようにテーブル席に目を移したら、爆弾酒の飲み過ぎで、半ば椅子からズリ落ちながら鼾をかくおかん。その傍らで、めっぽう酒に強いサイコが、いつの間にやら大吟醸の一升瓶抱え込み、こくりこくりと船を漕ぐ和尚さんの頭をペシペシ叩きながら、何やら呟いていた。

酒癖が悪い……かと言って素面も良くないサイコのことだ。いつものように誰かをこき下ろしてでもいるのだろうと、博士が、酒臭い口元に耳を近付けると、

「はよ、出さんかい。ここや、ここや、わからんのかい？　お前らの目ぇ、節穴か？」

まるで誰かが、サイコの口を借りて、悪態をついているようだった。

日頃から支離滅裂なサイコだ。いつものことと片付けてしまいそうだが、そこは百戦錬磨のリーダー、アドルフ・アインシュタイン博士だ。これが、意図せぬ神の宣託だとすれば、すべて合点がいく。

なるほど。「きさらぎに　桜鶯く　暑さ哉」だ。……博士は大きく手を打って、ダビンチ君の顔を見た。

「そう言えば、新調された、三代目のビリケンさんも、確か、胎内にもう一つ、ビリケン

さんが入っていると、聞きました」

ダビンチ君もさすがだ。一言えば十を悟る。悔しいが、彼をＴｅａｍビリーに加えた博士の判断は正しかった。

「ソウダ、『二重ビリケン』ガ、謎解キノ答エダ」

そう言って、厨房のおやじに視線を向けた博士。トレードマークの縁なし眼鏡の角がキラリと光った。

「ゴ主人、ソノ青銅のビリケン、中ヲ開ケタ形跡ハナイデスカ」

博士に促されるまま、おやじは、奥の衣装ケースから件のビリケン像を取り出し、上げたり、下げたり、斜めにしたりと、舐めるように隈なく見回した。

すると、今までうっかり見過ごしていたが、継ぎのない一つ物の鋳造と思っていたビリケンの背中の光背に、大きく開けた穴を丁寧に補修した継ぎ目があって、どうやらいったん取り外したような形跡があった。

「狸親父め、こんな手の込んだことしよってからに……」

ようやく事態を呑み込んだビリケンおやじ。

「こら、ホンマに、『アッと驚く為五郎』や」

ぼやきながら、両手に抱えたブロンズ像をゆっくり左右に揺すったら、カサコソと微かに揺れる物音が胎内から伝わってきた。

これは間違いないと、おやじは、厨房のスイングドアを開け、土間のテーブルを二、三席、端に寄せて、空けた場所に、抱えてきたビリケンを無造作に転がしたものだから、せっかく磨き上げたブロンズの身体が土埃にまみれてしまった。

お構いなしにおやじ。今度は、店奥に飛び込んだかと思うと、強力なバールとハンマーを持ち出し、俯せにしたビリケンの光背にバールを突き立て、思い切りハンマーを打ち付けた。

貳

初代ビリケンを彫刻した父が他界し、後を追うように母が病没。両親を亡くし、東京麻布の鷹司本家に養女として引き取られた清花御前は、公爵で貴族院議員の祖父、鷹司基熙《もとひろ》に溺愛され、女子学習院卒業後、祖父の欧州視察に秘書として随行した。

往路、日本郵船の箱根丸に乗船し、神戸を出港したが、同じ船にベルリン五輪特派員となった横光利一や俳人の高浜虚子が乗り合わせていた。当時の欧州航路は片道二箇月近くを要し、いくつかの寄港地で短い観光を楽しむほかは、退屈な洋上生活が続く。このため清花御前のようなうら若き華族令嬢が同乗しているとなれば、各界の著名人が集まる船内社交界の華になるのは、自ずと明らかなことであった。

長い船旅《せんりょ》を経て、箱根丸は南仏マルセイユに到着。欧州航路はその先、ロンドンからアントワープへと続くのだが、鷹司基熙一行は、船中懇意になった横光、高浜らとともに、マルセイユで下船。芸術の都・パリを目指した。

「横光さんの紹介で、おおばあちゃん、パリにいたタローさんと知り合ったんだって」

と馨子。垣間見るその瞳は、留学中に自分が目にしたパリの、七、八十年も昔の姿を思い描いているかのように見えた。

「おおばあちゃんは、タローさんと、熱烈な恋に落ちた。多くは語らなかったけど、養父と離れてまで、単身、パリに残ったんだもん。でも、ナチスの侵攻が、目前に迫って、おおばあちゃんも、タローさんも、帰国を余儀なくされた。それで、お終いになっちゃった。ほんとは、タローさんと、ずっと、パリで暮らしたかったのにね」

清花御前は、帰国後、基熙が決めた縁談で入り婿を迎え、ほどなく没した基熙の跡を継いで、鷹司本家の家督を相続した。その後、太平洋戦争の激化に伴い、軽井沢の別荘に疎開。戦地で指揮を執る職業軍人の夫に代わって、幼い子供らを守り抜いた。一片の骨も遺髪すらもない、夫の戦死通知が手元に届いたのは、戦争終結後、一年以上過ぎた頃だったという。

「綾にいさんから預かった、『ポン・デザール』の写真を見せたら、おおばあちゃん、お土産をもらった子供みたいに喜んで。それに、この橋で、『カデナ・ダムール』の誓いをしたのは、わたしたちが最初だって、自慢してたわ」

フランス語の「カデナ・ダムール」は、日本語に訳すと「愛の南京錠」。恋人たちが永遠の愛を誓って、二人の名前を書いた南京錠を橋の欄干に施錠し、鍵を川へ投げ込む、「カデナ・ダムール」の風習が広まったのは、高々二、三十年前のことでしかない。だから、後年、無数の南京錠の重みのため、橋が傾くことにもなった聖地「ポン・デザール」で、戦前、それを先駆けた日本人カップルがいたことは、特筆すべきことに違いない。

縁側の籐椅子に座って、懐かしいパリの写真を手にしたまま、微睡《まどろ》みの揺り籠に揺られる清花御前。そのとき、彼女の脳裡に去来した想いは、一体どんなものだったのだろう。

それは知る由もないが、人生の折々に、人は誰かと出会っては別れ、別れては出会う。別れと出会いが紡ぐ恩讐の彼方に、袖擦り合ったすべての人を唯々愛おしく想う。……振り返れば、そんな人生でありたいものだと、僕は思った。

Ｔｅａｍタローは、先日、丸太町のお屋敷へ赴き、『如月堂』の主人から託された写真を馨子を介し、清花御前に渡した。御前は生憎風邪を拗らせ、体調が優れなかったため、僕らが探し求める『地底の太陽』の件は、馨子に頼んでいったん引き揚げた。日を置いて、再度こちらから出向くつもりでいたのだが、彼女の方が事務所まで足を運んでくれた。せっかく、大阪に出てきたから、ついでに新世界界隈を歩いてみたいとのことだった。

それには、別の理由もあったようだ。清花御前が幼少のみぎり、両親と閉園間近な「ルナパーク」を訪れたことがあった。そのとき、父が彫った自慢のビリケンの足裏を撫で、ひとしきり遊園地で遊んだ後、づぼらやでフグ料理を食べ、日が暮れるまで、天王寺動物園の園内を巡った。滅多に親子で連れ立って外出することのなかった御前の、それが記憶に残る最後の想い出だった。

体調が戻ったとはいえ、百寿を超える高齢の御前だ。想い出の今昔を直接目にすることは難しく、ならば、代わりに土産話を持ち帰ろうという、そんな馨子の想いは推して知るべしだ。

通天閣が夜空を赤く染め、コロナ感染の非常事態を告げる頃、それでも四天王寺の参道は、盂蘭盆供養の大勢の人が行き交っていた。

ご存じ四天王寺は、聖徳太子が飛鳥時代に建立した法隆寺と並ぶ由緒ある寺院。この春、「太子一四〇〇年忌」を結願《けちがん》する「聖霊会《しょうりょうえ》」が行われ、話題を呼んだ。

この辺りは、南北に細長く延びる上町台地の中心部に位置するが、中世の頃までは、上町台地のすぐ西は海で、大阪湾に沈む夕陽が殊のほか秀麗だったという。夕陽ヶ丘の地名に名残があり、今でも極楽門の石鳥居から望む落日は、道行く人の足を止めるに十分な景観だった。

新世界を訪ねたからには、ぜひとも名物の串カツを食べたいと馨子が言うので、階下の「福ダルマ」で夕食を済ませた僕たち。通天閣界隈の商店街をブラついた後、せっかくのことだから、四天王寺の「万灯会」を観覧しようと思い、「てんしば」の横を抜けて、谷町筋から四天王寺の参道に入った。

随分前の話だが、小さい頃、お腹の弱かった僕のために、母は、四天王寺に詣でたときは必ず、門前にあった露店の薬屋さんで漢方の陀羅尼助《だらにすけ》を買ってきてくれた。参詣ついでとはいえ、京都市内でも漢方薬局はたくさんあるのに、わざわざここで胃腸薬を買い求めなくてもと、一度母に言ったことがあるが、四天王寺門前の陀羅尼助は、本家本元の大峰山で、役行者《えんのぎょうじゃ》直伝の製法により調薬されたもの。そんじょそこらの陀羅尼助とは物が違うと、日頃穏やかな母にピシャリと返された憶えがある。今はもう、門前に軒を連ねる露店から、陀羅尼助の店が見当たらなくなって久しい。

僕がそんなことを思い出しながら、交差点の信号を渡って、四天王寺石鳥居の前に出たとき、ハルクが、思い出したように門前に居を構える老舗の和菓子店を指差した。

「ここの釣り鐘まんじゅう、おかんの大好物。店閉まる前に、買っとく」

楽しみにしていた土用の鰻も食べさせてもらえなかったのに、何のかの言っても、やっぱりハルクは母親思いだった。

「それなら、僕も……」

昔の陀羅尼助のお礼と言うにはおこがましいが、僕も同じ母子家庭だ。一緒に暮らせる時間も、もうそれほど多くない。ちょっとしたことでいいから、少しでも感謝の気持ちを母に伝えておきたいし、ついでで申しわけないが、馨子に清花御前への手土産も託したいと思い、僕もハルクの後ろから、店終いを始めた女将に声をかけた。


結局、自分たちが、ながら喰いする分も含めて、手に手に釣り鐘まんじゅうの袋を提げ、僕らは石鳥居を潜った。そして、献灯灯籠の幻想的な明かりに彩られた極楽門で、代わる代わる転法輪《てんぽうりん》を回した後、参拝客で賑わう境内に足を踏み入れた。

盂蘭盆の「万灯会」は、五重塔、金堂のある中心伽藍で行われるが、さすがに、そこで飲食するわけにはいかない。どこかで釣り鐘まんじゅうを食べてから、「万灯会」を見ようと算段して、僕らは、伽藍の塀を時計回りに、彼岸の引導鐘で知られる北鐘堂の角を曲がり、六時堂の石舞台の前まで出た。もう少し北へ歩けば、高校時代、進学塾の模試帰りに、サイコやハルクと合格祈願した元三大師堂があった。

※

Ｔｅａｍタローの捜索は終わった。確たる物証はないものの、僕たちが探し求めた『地底の太陽』は、オカモトタロー本人の手によって、「チチェン・イッツア」の「セノーテ」に沈められたというのが、事の真相だった。

一九六〇年代末、タローは、古代マヤ文明発祥の地・メキシコに滞在し、同時期の『太陽の塔』と対をなす巨大壁画「明日の神話」を制作した。『地底の太陽』同様、長らく行方不明になっていたが、こちらは二十年ほど前に、郊外のとある資材置き場で発見され、日本へ持ち帰られて、修復後、ターミナル駅の連絡通路の壁に掲げられた。

土偶人形のジュニアの解説によると、ユカタン半島の付け根の密林にある「チチェン・イッツア」(マヤ語で「聖なる泉の魔法使い」)は、マヤ文明の遺跡が連なる、メキシコの世界遺産だ。「チチェン・イッツア」の中心に位置するのが、四面構造の巨大ピラミッド。大航海時代、中南米を征服したスペイン人が「エルカスティーヨ(城)」と呼び、マヤの最高神「ククルカン(羽毛の蛇神)」を祀った神殿だ。その神殿の地下に、地表が埋没し、地下水を湛えた「セノーテ(聖なる泉)」があるという。

マヤの世界観は、「天・地・地底」の三層から成り立つ。地底が生命の起源とされ、「セノーテ」が地底世界の入口に当たる。また、干ばつ・飢饉・疫病等の厄災は、三層の均衡の乱れにより引き起こされ、地底の神々の怒りを鎮めるため、人が生贄として捧げられたのだが、マヤの民は、死が終焉ではなく、魂はずっと生き続けると信じていたという。

馨子から聞いた話では、『地底の太陽』は、「摩耶観光ホテル」が完全閉鎖される直前、タローの意を受け、美術商『如月堂』の主人が引き取って、後々を考え、生前贈与すべく、鷹司清花の屋敷を訪ねた。縁側の籐椅子から身を乗り出して、庭先のシートに広げられた『地底の太陽』をひとしきり眺めた後、清花御前は、

「タローは、昔から、『作品は売らない。売れば、金持ちのリビングに飾られるだけだから』と、口癖のように言ってました。だから、同じことはしたくないの」

木洩れ日に包まれながら、かつての恋人の申し出を穏やかに、けれど、きっぱり断って、

「『もっと、終の棲家に相応しい場所があるはずでしょ？　もう少し、頭を使って、考えてごらんなさい』って、タロちゃんに言っといて」

子供のように悪戯っぽい笑顔を浮かべていたと、古くから御前の世話をしているお手伝いさんが語っていたという。

そうすると、消えた３Ｄ『地底の太陽』の代わりにあった、「終の棲家へ」というメモは、元は清花御前の言葉で、本物の行方を暗示していたとでもいうのだろうか。でも、誰

が、何のために……。

ともかく、申し出があった翌年、清花御前は、『如月堂』の主人からの手紙で、『地底の太陽』の「終の棲家」を知らされた。そして、その二年後、オカモトタローは、享年八十四の生涯を閉じた。

よほど重要な学術研究の名目でもない限り、もはやこの眼で直接、『地底の太陽』の在処を確認することはできない。だから、僕たちのミッションは打ち切りにせざるを得ないが、それにしても、神々が宿る「聖なる泉」の底に沈めるとは……。『地底の太陽』にとって、これ以上相応しい場所はないだろう。

峻厳なまでに静謐な「ククルカン」神殿の地下。地表の隙間から降り注ぐ陽光に照らされたエメラルドの聖泉。……渾々と湧き出る地下水と水底に沈んだ太陽の灼熱は、死してなお永遠の生命を紡ぐように、僕には思われた。

祖先の戒名を書いた一万本の蠟燭に火を点した中心伽藍。柝を鳴らし、般若心経を唱えながら、僧侶がうねり歩く姿は、言葉に表せない厳かな雰囲気を醸し出していた。

伽藍の人混みを避けて、僕らは仁王門の柱陰に身を寄せていた。

「ところで、馨ちゃん、御前に渡した写真だけど」

僕は、『如月堂』の主人に聞きそびれた疑問を口にした。

「隅にいた、あの蝶ネクタイの人、日本人に見えたけど、御前の知り合い？」

「えっ？」

怪訝な表情をして、馨子は言葉を継いだ。

「あの写真、日本人って、タローさんと、おおばあちゃんだけだったよ。隅っこは、花屋さんと、反対側の端は、通行人しか写ってなかったもん。それに、おおばあちゃんが言ってたけど、『如月堂』のご主人さん、随分前に亡くなってて、とっくの昔に店終いしてるはずだって。おおばあちゃん、年が年なんで、さすがに、物忘れするけど。昔のことは、ほんと、よくおぼえてる」


万灯の明かりに照らされ、夜空に浮かぶ五重塔。その背後に聳え立つ「あべのハルカス」のイルミネーションが、あたかも蜃気楼の如く虚実定かならず、此岸と彼岸の狭間を揺蕩《たゆと》う光景のように見えた。

『如月堂』の主を名乗る人物は、初めから『地底の太陽』の行方を知っていたのに、どうしてこんな手の込んだやり方で、最後に探し物の在処を教えてくれたのだろう。紆余《うよ》曲折を辿ることに意味があったとでも言いたいのか。それに、『如月堂』の主人が故人であるなら、僕たちが草庵で出会った人物は一体何者なのか。また、写真の貴公子とどんな関係があったのか。詮索無用とはいえ、そもそも『地底の太陽』の捜索を依頼してきたTARO君の正体もわからないままだ。捜索の結末は付いたが、後は謎ばかりだった。

伽藍の回廊を行き交う人の波に、無数の蠟燭の火が揺らめき、思考回路が停止したように、僕たちは、茫漠として仁王門に立ち尽くした。そして、万灯の明かりに紛れるように、ハルクの胸元で、ジュニアの両眼がキラリと、意味ありげに光った。

Chapitre 8　huitième《ユイティエム》　時間を超えて瞬間に生きるんだ（by岡本太郎）

運河の遊歩道から望む対岸の景色は、コンビナートの煙突が群れをなして聳え、その手前には、立ち並ぶ工場を真一文字に胴斬りしたように、阪神高速湾岸線の高架道が走っていた。

『大阪万博』の頃、ピークを迎えた日本の高度経済成長。それを支えた巨大インフラ群が半世紀を経た今、軒並み再建の時期を迎えて、眼前の高速道路もご多分に漏れず、あちこち大規模な改修工事が行われ、年中どこかで通行止めや車線規制がなされていた。

僕たちがいる、阪堺路面電車の終着駅・浜寺駅前に広がる浜寺公園は、同じ沿線の住吉公園や東京・上野、浅草などとともに、一八七三年（明治六年）、日本最初の公立公園の一つとして開園したもので、古来、白砂青松の景勝地として知られた。戦後、米軍の接収を経て、泉北臨海工業地帯の埋立造成が始まるまでは、堺旧港の大浜海岸と並び、大阪近郊の海水浴場として大勢の人出で賑わったが、今は昔日の面影はなく、砂浜の跡に整備された運河の浜寺水路と、園内プールで行われる水練学校の古式泳法に、僅かながら往時を偲ぶしかなかった。

浜寺公園は、阪堺電車の方が紀州街道の道一本隔てただけなので、一番の最寄り駅になるが、少し離れた場所に、南海本線の浜寺公園駅がある。明治三十年の南海鉄道開業とともに設置された駅で、十年後に建て替えられた駅舎は、国の登録有形文化財に指定され、旧舎となった今は、カフェやギャラリーとして活用されていて、この駅を利用して浜寺公園を訪ねる者も多い。

そう言えば、阪堺の駅の目の前に、南海の旧駅舎と同い年、明治四十年創業の「福栄堂」という老舗の和菓子店があり、おかんに教えられたサイコが、そこの名物・松露《しょうろ》だんごと、最近できたちん電どら焼きがお気に入り。……と言うか、「末廣堂」のさつま焼きにしろ、「小嶋」の芥子餅にしろ、全部、甘いもんに目がないおかんが、サイコを味方に引き摺り込んだようなものだ。

博士とダビンチ君が看破したとおり、「福ダルマ」の店にあったブロンズのビリケンは、案の定、二重になっていて、胎内に、絹織りの綺麗なおべべと緩衝材に包《くる》まれた、あの木彫りの初代ビリケンを抱えていた。

張本人の先代オーナーが故人となった今、確かめる縁《よすが》はないが、おおよその経緯を推測すれば、おそらくこういうことだろう。戦後復興した二代目通天閣に、地域発展の守り神として、新世界所縁のビリケンを奉納する計画が発案されたとき、世話役を買って出た先代の福太郎は、旧知であった美術商『如月堂』の主人を通じて、行方不明とされていた初代ビリケンの存在を知った。おそらく、愛してやまぬ新世界に、かつての『大大阪時代』の活気を取り戻したいという、福太郎の一方ならぬ熱意に打たれた『如月堂』の主人の尽力によって、初代ビリケンが福太郎の手に渡った。

きたるべき日に備え、自分の店のブロンズの看板ビリケンの胎内に、件のビリケンを秘かに収めた福太郎。準備万端整い、あとは奉納予定の通天閣「ふれあい広場」の工事を待つばかり。関係者や報道陣が集まった奉納式の席で、二重ビリケンの種明かしをすれば、「アッと驚く為五郎……」の記事が、翌日の朝刊を賑わし、新たな門出がより一層盛り上がると算段した。ところが、折悪しく、前年、日本経済を襲った第一次オイルショックの影響が拡大して、通天閣の改修支援を約してくれた地元企業が、相次いで倒産ないし撤退したため、資金繰りに窮し、ビリケン奉納計画は頓挫。その上、事の顛末を胸に秘したまま、福太郎が急逝したことから、初代ビリケンの所在は、再び闇に沈んだ。

いったん元の世界に戻って、改めて「ビリケン神社」から初代ビリケンを持ち出すのは面倒だ。ここが勝負のしどころと、二代目おやじに事情を説明し、そのまま件の木像を借り受けたＴｅａｍビリー。押っ取り刀で、丸太町のお屋敷を訪ね、清花御前に、父の形見とも言える木像を手渡した。

御前は、とても卒寿を過ぎた人とは思えぬ艶やかな指先で、ビリケンの投げ出した足裏をひとしきり撫で、父母と過ごした昔日の想い出に浸った後、それで得心したものか、

「これは、元の鞘に収めましょう。その方が、父も喜ぶでしょう」

そう言って、少し間を置き、悪戯っぽく笑いながら、

「でも、これは、わたしたち、仲間だけの秘密にしましょうね」

ほんのり紅をさした口元に、人差し指を突き立てた。

父の憑代《よりしろ》との再会を果たし、さも満足げな清花御前の手からTeamビリーに戻された初代ビリケン像。元どおり「福ダルマ」のブロンズの中に収まり、それを見届けた彼らは、パラレルワールドを脱して、元の世界へと舞い戻った。そして、早速Teamタローと情報交換し、その後、ビリーは最後の一仕事を済ませ、今度は、ごく普通に各駅停車の阪堺チン電に乗って、追っ付け僕たちが待つ浜寺公園にやってくるという手筈だった。


かくして、初代ビリケン像は、世間に知られることなく「ルナパーク」跡の「ビリケン神社」に奉納されたビリケンの胎内に、今も鎮座する……はずだが、実際のところ、開けて見ないとわからない。

なぜなら、二〇一二年（平成二十四年）夏の「新世界百周年」の時点で、初代ビリケン

の在処を知ったはずの清花御前が、どうして十年後のこの世界で、曾孫の馨子を介し、その所在を探してほしいと依頼してきたのか。百寿を超えてなお、認知症には縁がない清花御前だ。だから、二律背反するこの矛盾は、今僕たちがいる世界は、十年前の世界とは、明らかに異なるものだという以外、説明の付けようがなかった。

この世界を構成する個人の一つ一つの行動選択の違いによって、僕たちは、時々刻々複雑怪奇に入り組んだ無数のパラレルワールドの中を転位し続ける。そう考えると、今、件のブロンズ像の後背を開けたが最後、中にあった初代の木像が、影も形もなくなって、僕たちの記憶から抹消されたとしても、別に驚くべきことではない。僕らが寄って立つ、この世界のすべては、本当は嵐の中の小舟のような、危うさの中にあるのかもしれないのだから。

そう考えれば、TARO君と故人の『如月堂』主人を名乗る者の正体など、取るに足りないことだ。ただTARO君の方は、追っ付け博士らが来れば、謎は解ける。もちろん、依頼者の秘匿にかかわることなので、謎は謎のままで一向に構わないのだが。

一隻の飛行船が、丸い胴体に心地よげに夕陽を浴びながら、西の空に浮かんでいた。

「今どき、飛行船やて、珍しで」

「お祭りの催しか?」

「けど、メッセージとか、なにもないね」

と、商人君とハルクの会話を受けて僕。夕映えが眩しくて、見にくかったが、じっと目を凝らしても、船体には、幾何学模様の彩色が施されているのみで、宣伝文や船の名前すら見当たらなかった。

ハルクが、左の手指で胸元を触る仕草を見せたが、思い当たって、慌てて引っ込めた。きっと、彼の相棒になっていたジュニアの解説を聞こうとしたに違いない。だが、ジュニアはもう、持ち主のＴＡＲＯ君の元に戻っているはずだ。ちなみに、『如月堂』の主を名乗る者から貰った勾玉の首飾りは、ジュニアの首から外した後、さも当然のようにサイコがハルクから取り上げ、今は彼女の首に飾られていた。

ばつの悪さをごまかすように、ハルクがスマホで関連情報を検索したところ、一九〇九年（明治四十二年）の春、アメリカ人のケニー・ハミルトンという航空の先駆者が来日。上野公園や川崎競馬場の上空に、電気モーター式の飛行船を飛ばした。ここ浜寺公園にも飛来し、当時大勢の見物客が押しかけ、記念葉書まで発行された旨の、当時の新聞の引用記事に行き当たった。

「そう言えば」

何かを思い出したように、運河縁の石段から立ち上がった馨子。

「おおばあちゃんが言ってた。いつだったか、モンマルトルの馴染みのカフェで、タローさんと、モーニングティーを楽しんでたら、丘の上に、大きな飛行船が見えたことがあったって。そのとき、『タロちゃん、飛行船が、丘の向こうに姿を消すまで、食い入るように、ずっと見てた』んだって」

「はは～ん、それが、あの目玉模様の、レインボー号に繋がったんやな」

「想いは、どこかで、繋がるような気がする」

商人君の言葉を引き取って、僕はそう呟いた。

「おにいさん……」

馨子は、一瞬何か言いかけて、思い直したように口をつぐんだ。

幼い頃、僕はよく母に連れられ、当時、南海の浜寺公園駅の反対側にあった母の実家を訪ねたが、そのときは必ず浜寺公園で遊んだものだ。京都・丸太町の自宅からだと、南海電車の方が時間は短い。それなのに、僕は阪堺のチン電に乗りたくて、母にせがんで、乗り心地の悪い路面電車を利用した。

鉄道オタクとは無縁の僕だが、今にして思うと、浜寺駅前の停留場が終着駅だったことが、阪堺を使う大きな理由だったような気がする。もっと言えば、終着駅に隣接する浜寺公園そのものが、幼い頃の僕が知る世界の果てであり、そこから先は、ダビンチ君の言葉を借りれば、魑魅魍魎《ちみもうりょう》が跋扈《ばっこ》する異界のように感じていた。

なぜそう感じたのか、思い当たる理由はいくつかあるが、一つには、亡くなった父と折り合いが悪かった母が、苦労に苦労、辛抱に辛抱を重ね、それでもどうしようもなくなったとき、僕を連れて、浜寺の実家に戻った。その頃の想いは、僕が成人した後も、母は一言も触れたことはないが、幼いながらも、僕はそのときの母の、尋常でない心の在処を感じていたのだろう。この浜寺が、母を現世に繋ぎ止める最後の安全弁だったことは、今では容易に想像できた。

女手一つで僕を育ててくれた母が、ようやく掴もうとしている幸せだ。だから僕は、ぜひともこの縁談をまとめたかった。その想いはサイコも同じだった。

あれは、高三の夏休みのことだ。サッカー部の練習試合の帰り。万年補欠の僕は、せっかく応援に来てくれたサイコに、ベンチを温めたまま、一度もフィールドを走る姿を見せられなかった。せめてもの埋め合わせにと、母がよく実家の手土産に買っていた帝塚山の和菓子屋さんを思い出し、帰りにこっそりサイコを誘った。人混みに紛れ、阪堺の姫松で途中下車して、「福壽堂秀信」の茶房で、あずきわらびをご馳走した。

ほっこりした後、姫松に戻って、帰りのチン電に乗ろうとしたとき、何を思ったのか、サイコが後ろから強く僕の腕を掴んだ。

「綾が、一番大切な人と見た、浜寺の海、わたしも連れてって」

いつになく張り詰めた声だった。

乗り過ごしたチン電を見送る僕の背中に、彼女の高鳴る心臓の鼓動とともに、『ずっと胸の奥に秘めていた想いのすべてを、貴方と分かち合いたい』……そんな言葉にならない心の声が聞こえたような気がした。

時間の流れが止まった。反対方向から来たモ161に飛び乗って、二人は夕暮れの浜寺公園に辿り着いた。歌人・与謝野晶子が、終生の伴侶・鉄幹とそぞろ歩いた松林を抜け、バラ園のベンチに寄り添って、臨海に沈む夕陽を見た。「足りない者どうし、親子一緒に暮らせたらいいね」と、夢物語に頷き合ったのが、まるで昨日のことのようだった。

幼馴染みのサイコとは、物心付く前から毎日顔を合わせていたから、二人でどこかへ行くのに、それまで特別な想いは感じずにいた。振り返れば、これが互いの存在を意識した初めての出来事だった。

以後、祇園四条の駅地下か、通称「坂下」と呼び合った八坂神社の階段で待ち合わせ、いろんな所を訪ねた。結構遠出もしたが、サイコはもう、母と僕の想い出の浜寺公園へ行こうとは言わなかった。もちろん僕への配慮があるのだろうが、それ以上に、浜寺はもう、彼女にとっても、特別な場所になっていたに相違ない。

一組の母子連れが、夕涼みがてら、松林から運河の畔に姿を現し、僕らが座る石段の下の遊歩道を、下流の交通公園の方へ向かって歩いて行った。未就学児と思しき男の子の手にはカキ氷のカップ。母親が提げたビニール袋からは、焼きたての粉もんのソースの匂いが漏れていた。メインストリートの中央花壇の左右に並んだ屋台で買ったものだろう。

二十年以上昔の自分を見守るような想いで、僕の目は、手を繋ぐ母子の後ろ姿を追っていた。無論、この母子に、僕の過去を重ね合わせるつもりはなかった。

僕は、商人君らと、少し離れた石段に、一人腰かけていた。対岸の運河に沿って、細長く延びた臨海緑地の一角に、紅白の幔幕が張られた盆踊りの櫓が見えた。日暮れには少し早いが、櫓から放射状に並んだ提灯に灯が点り、そろそろ時間ですよと、踊り手の参集を誘っているようだった。

最後の任務を終え、こちらに向かっていたＴｅａｍビリーを代表して、サイコから長文のＬＩＮＥが届いた。事細かな内容とはいえ、「早打ちサイコ」の異名を取る彼女のことだ。この程度なら、一分とかからないだろう。メッセージには、パラワールドの旅から戻った後、博士の様子が前より酷くなってきたことや、おかんが、お師匠さんに無理言って、上席・中席と、寄席下座の三味に穴を開けたから、一足先に職場復帰したことや、何やら、姫松の待合で、年頃の男女が、乗るの乗らないのと口喧嘩していて、チン電が遅れた、今、浜寺駅前に着いたところだ……などと記されてあった。

思うところあって、僕は、博士の件は伏せたまま、LINEの内容をかいつまんで、二、三段上の石段に座っていた商人君らに説明した。

「なんや、痴話喧嘩で、遅れたんかいな。ホンマ、おまはんら、みたいな奴っちゃ」

商人君が腹蔵なく笑った。


音頭とりの出には、まだ間があるようだが、対岸の櫓の上から、太鼓と間《あい》の手《て》連中の音合わせが、運河の夕風に乗って流れてきた。

「ここは、泉州音頭」

Teamビリーを待ちながら、耳を傾けたハルクが、ポツリと呟いた。

大和川を越えると、祭りの歌は、河内音頭から泉州音頭に変わると、いつだかおかんが言っていたような気がする。


ほどなく、生い茂った松林の隙間を縫って、低空飛行してくる、おもてなし君の姿が見えた。アームの爪には、見覚えのある「福栄堂」の紙袋。中身はきっと松露だんごだ。これはサイコが持たせたに違いない。ハエ叩きの一件以来、おもてなし君は、直属上司のハルクには相変わらず手厳しいのに、サイコに対しては、掌返しのように従順になっていた。

「ご明算《めいさん》」とでも言いたげに、おもてなし君の露払いの後から、両手を高く翳して、到着を告げるサイコ。その涼しげなワンピ姿が、このとき僕には、なぜだか眩しく見えた。

※

この辺りは、普段、泉北臨界コンビナートの煌びやかな夜景がインスタ映えの名所として知られていたが、お盆休みのためか、暗闇の中に沈んだままで、その分、対岸の盆踊り提灯の明かりが人目を惹いていた。

いつの間に櫓に上ったのか、浴衣がけの音頭とりが、自慢の喉で、流暢に泉州音頭を謡い、節の切れ目に被さるように、軽妙な間の手が入った。

「♪ヤレコラセー　ドッコイセ」

最新鋭の人工知能を搭載したおもてなし君。未知の領域に対する知的好奇心なのか、それとも単なるシステムエラーか、泉州音頭が、殊のほか気に入ったようで、間の手に合わせ、クルクルとアームを回して踊っていた。

「♪ソラ　ヨイト　ヨイヤマッカ　ドッコイサーノセ」

対岸の闇に浮かぶ盆踊りの光景が、僕の目には、この世の果ての向こう側で踊り狂う、百鬼夜行の大絵巻のように映った。そして、その光景に重なり合うように、幼子の手を固く握り締め、運河に入水しようとする母親の姿が目蓋に浮かび上がった。

そのとき、傍らにいた人の手が、そっと僕の手を覆った。すべてを理解した掌の温もりが、百鬼夜行に怯えた幼い頃の僕を現世に引き戻してくれた。

「大丈夫。父さんと、おばさんなら、きっと、幸せになれる。負けてらんないよ、わたしたちも」

傍らにいたサイコは、周囲に悟られぬよう小声で囁くと、もう一度、ギュッと僕の手を握ってから、

「ちょっと、馨ちゃんと、涼んでくる」

そう言い残して、馨子と連れ立ち、上流の浜寺大橋の方へ姿を消した。

土偶アバターのＴＡＲＯ君を操っていたのは、やはり御手洗潔《みたらいきよし》教授だった。僕らが在籍した京都Ｒ大の名誉教授で、名だたる名医が匙を投げた数々の難手術を成功させ、かつて「神の手」と称された天才外科医だ。東大医学部を経て、ジョンズ・ホプキンス大の大学院を首席で卒業。アメリカ西海岸を中心に経験を積んで名を高めた後、活動の軸足を日本に移した。キャリア絶頂期には、「『ブラック・ジャック』ここに在り」と題した、

ニューヨーク・タイムスの特集記事が世界を駆け巡って、一時は、教授の執刀予定が、二、三年先までびっしり埋まるほどの過密さを呈したと言う。

そんな天才外科医が、五十代半ばを過ぎた頃だ。完全無欠の「神の手」がミスを犯し、患者が命を落とした出来事があった。しばらく執刀を見合わせていたところ、ある朝、教授が洗面台に向かっていたとき、突然、右手に持った歯ブラシをポロリと落とした。拾い直しても、何度も落とした。それから十日も経たないうちに、右手では、箸もペンも、何もかも持てなくなった。

同僚の神経外科医によると、「筋萎縮性側索硬化症（ＡＬＳ）」の診断。神経の麻痺が次第に広がる難病で、現在の医学では、如何に進行を遅らせるかしか治療法はなかった。

その後、次第に麻痺は全身に及び、寝たきりの闘病生活となって、人工呼吸器や胃瘻《いろう》を装着。昨年の春、最後まで動いていた左の手指も麻痺し、今は、教授のために開発された最新鋭のＡＩシステムが、僅かに残った目の動きから本人の意思を解析し、音声変換して、周囲とのコミュニケーションを図ったり、ＡＩロボットと連携し、教授に代わって、さまざまな用務をこなしたり、迅速・的確に必要な措置を講じていた。

だから、通常の身体感覚を失った今も、御手洗教授は、創造的な専門研究に携わりながら、趣味のメタバースに勤しんでいるという。

ＴＡＲＯ君の正体が、御手洗教授ではないか、少なくとも博士は、早くから疑っていたように思われる。

今、教授が重宝して使っている、スグレ物のＡＩシステムを開発し、教授にプレゼントしたのは、ほかならぬ博士だ。五年余り前の話だが、交通事故のため瀕死の重傷を負い、生死の境を彷徨っていた博士を救ってくれたのが、御手洗教授の「神の手」だった。今から思えば、教授にＡＬＳの兆候が顕れる、ほんの少し前のことだったから、博士にしてみれば、そういう幸運な巡り合わせを含めて、今度は逆に、不治の病に冒された命の恩人に対し、せめてもの感謝の気持ちを伝えたかったのだろう。

翻れば、そもそも、最初のＴＡＲＯ君の登場シーンで、正体は御手洗教授だと気付くべきだった。『暇人』メンバーの事細かな紹介の中で、博士の手術に関与した者しか知り得ない情報が混じっていて、そこには、本人の博士すら知らない事実もあったのだから。

サイコと馨子が涼みに行った浜寺大橋は、盆休みの影響だろうか、まだ宵のうちだというのに、車の往来は疎らだった。

橋から少し視線を上げると、斜交《はすかい》に、ライトアップされた阪神高速の新浜寺橋梁の姿。造形物に詳しいダビンチ君によれば、ニールセンローゼという構造のアーチ橋だそうだが、こちらも交通量は普段より随分少なく見えた。

本来であれば、Ｔｅａｍタローの任務なのだが、博士との縁を考え、ビリーの面々に最後の一仕事を託し、病床の御手洗教授と面会してもらった、問わず語りに教授が話したところによると、教授の実家は京都下鴨の門前町で、代々京懐石の料亭を営んでいた。流し雛で知られる御手洗川の細流が前庭の池を潤し、往事は、政財界の顔役や名だたる文人墨客が贔屓にした風雅な老舗。聞けば、天野家も、京呉服「あまの」の時代から常連だったようだが、そんな格式ある料亭も、教授の母親の女将が亡くなった後、馴染み客に惜しまれながら、老舗の暖簾を下ろした。

だが、問題はそこではなく、御手洗教授が、オカモトタローの実子だったことだ。着手前ネットで見た怪しげなゴシップや、パラレルワールドの旅の中で、サイコが目にした週刊誌の見出しは作り話ではなかった。

欧州大戦の激化のため、芸術の都パリを逃れ、やむなく帰国の途に就いたタロー。鷹司清花との熱烈な恋も破局を迎えた。失意のうちに帰国したタローは、思うところあって、これまで培ってきた審美眼と対極にある伝統美の中に身を置いて、これから自身の芸術が向かう方向を模索しようと、京都の街中に仮寓を構え、雌伏の時を過ごした。

この京都時代に、タローは、渡仏前から芸術家としての自分の才能を認め、支援してくれていた、地元資産家の相伴に与って、糺の森近くにあった老舗料亭に出入りするようになった。そこで、当時、女将見習いとして働いていた御手洗教授の母を知り、いつしか愛し合うようになったが、それは、束の間の幸せだった。

二年後、御手洗教授の母が身籠もった事実を知らされぬまま、タローは、戦時補充兵として満州に派兵。敗戦後、半年の捕虜収容を経て復員し、真っ先に教授の母を訪ねたが、彼女はすでに別の男性と結婚していて、一子をもうけていた。やむなく帰京したタローは、ほどなく、自身の芸術を開眼させた縄文文化と、運命的な邂逅を果たすことになる。

それはさておき、教授の母の婚姻話は、真実ではなかった。彼女は、タローが戦地に赴いてからずっと独り身を通し、タローとの間に生まれた息子を、他の者の子として育てた。

なぜそんなことをしたのか、理由はこうだ。タローを店に連れてきた馴染みの資産家が、あるとき、西陣織の高価な紙入れを店に忘れて帰ったことがあった。仕事柄、中身を見ることなく、帳場の手提げ金庫に保管しようとしたら、間に挟んであった写真が一枚、ポロリと畳に落ちた。拾い上げながら、見るともなしに見た写真は、遠い国の華やいだ都の風景をバックに、賑やかな橋の中央に並んだ数人の集合写真。中心には、颯爽とポーズを決めるタローがいて、その隣に、ピタリと寄り添う華麗な令嬢の姿。一目でただならぬ関係が見て取れた。どこかで見かけた顔だった。すぐにはわからなかったが、いつだかタローが見せてくれたスクラップ写真を思い出した。出航間際の大型客船のデッキで、「小説の神様」横光利一と並んで写る、鷹司公爵の傍にいた令嬢と瓜二つだった。

男尊女卑の、固陋《ころう》な時代の哀歌と言うなかれ。今を生きる僕たちには、容易に理解し難いことだが、そこには、タローの芸術家としての大成を心から願うが故に、あえて身を退いた女《ひと》の、人知れぬ想いと苦難の人生があった。

御手洗教授が、自身がタローの実子であると知ったのは、末期癌の母から長期渡米中の自分に宛て、死を覚悟したエアメールが届いたときだった。生涯を通して唯一人の男を愛した母の、隠し通した真実が、そこに淡々と記されてあった。

予定された執刀すべてを延期し、慌てて帰国した教授だったが、時すでに遅し。主治医のカルテや診断画像から、如何なる名医でも手術は不可能なことを知った。いくら世間から「神の手」と持て囃されても、かけがえのない母一人救えぬわが身を恥じた教授。あとは、残された時間を母子水入らずに過ごすことだけが、僅かな親孝行だと思い定めた。それから一月余り、枕辺に寄り添って、痩せ細った母の昔話に耳を傾け、教授は初めて、長い間心に封印してきた生身の母の想いを知った。

母の死後、教授は、多忙な仕事の合間を縫って、父と呼べぬまま他界したタローの芸術作品を貪るように観て歩き、父が何を夢見て、何をなそうとしたのかを考えた。そして、教授が辿り着いた答えは、壮大な宇宙が織りなす「生命」の営みであり、それを具現したものが、ほかならぬ『太陽の塔』……『大阪万博』終了後に塗り込められた内部空間や行方不明の『地底の太陽』を含めた、トータルな作品としての『太陽の塔』だと思い至った。

あとで考えると、母には多忙のほか、思うところもあったのだろう。子供の頃、万博に連れて行ってもらえなかった教授の、『地底の太陽』の探索が、そこから始まるのだが、目的半ばに、ＡＬＳの病魔に襲われたのだった。

世間に真実を明かさないまま他界した母が、生涯を賭けて愛した唯一無二の人。その人が追い求めた「生命」の実相とは……。その最後の鍵が、『太陽の塔』の地下世界を統べた『地底の太陽』だった。教授は、生きながら朽ち果ててゆくわが身の、僅かに残る視覚の中に、復元物ではない、本物の『地底の太陽』が内蔵する無限の生命力を感じ、父、タローが創り上げた宇宙に抱かれながら、最期の時を迎えたかったのだという。


「教授、『地底の太陽』が、マヤの『聖なる泉』に沈んでるって聞いて、どうだった？」

僕は、任務を全うできなかった気懸かりを口にした。

「ソレデヨシ！　ソウ言ッテ、ホログラムニナッタＴＡＲＯガ、親指ヲ突キ立テテ、『👍』（グッジョブ）シテイタゾ」

「ならいいけど」

「『地底の太陽』が、もし、見つかったとしても、この眼で確かめ、菩提寺に眠る母に一目見せた後は、次の『関西万博』に引き継ごうと思っていた。母は、生前、タロー本人はもとより、遺族からの財産分与や遺作贈与の申し出は、一切、断っていたから、と教授が、そう言ってましたよ」

と、ダビンチ君がフォローした。

「そうそう、冴さんが、今度の仕事のご褒美は、奮発して、みんなで、『チチェン・イッツア』のマヤ遺跡を訪ねようかって」

なるほど。「聖なる泉」の水底に沈む『地底の太陽』の在り様を見て、病床の御手洗教授に報告するのは、良いアイデアだ。それに、全額受け取るかどうか別にして、今回、清花御前から振り出された小切手の額面だと、『暇人』一同、「世界一周豪華客船クルーズ」の旅に出ても、もう一周できるぐらいの収入になる。

運河沿いの街灯に照らされ、揃いのユニホームを着たサッカー少年の一団が、少し離れた青少年センターの辺りに見えた。

浜寺公園の南端、高師浜《たかしのはま》には臨海スポーツセンターがあって、大学時代、二、三度、ハルクにプロレス観戦に付き合わされたことがある。確か近くにJリーグ・セレッソ大阪のアカデミーがあったから、U‐15の中学生らかもしれない。

ここ半月の信じ難い出来事の咀嚼に疲れ、ぼんやりそんなことを考えていたら、サイコからメールがきた。「きっと、あんときの綾より、サッカー、うまいんやろ〜な〜」と書かれ、文末には、彼女と馨子の似顔スタンプが並べられていた。二人がいる橋からだと、僕らがいる所より倍近く離れた場所だから、いくら目の良いサイコでも、豆粒くらいにしか見えないはずだ。「どこにいても全部お見通し」……サイコキネシスにもほどがあると、僕は、苦笑いするよりほかなかった。

「トコロデ、麻呂、『地底の太陽』デ完結スル、生命ノ営ミトハ、ドンナモノカ、君ハ、ワカルカ?」

阪神高速の高架を行き交う車のヘッドライトを遠目に眺めながら、博士。ダビンチ君に聞くのが相応しい質問を、なぜか僕に投げかけた。

先刻Ｔｅａｍビリーと合流したとき、サイコに目配せして、僕は、仲間と少し離れた場所で博士と話をした。博士は近頃、拒絶反応が酷くなってきたのか、自分の手足が自分で制御できない動きをしたり、その場で蹲《うずくま》ってしまうような痺れや痛みが、不意に襲ってくることがある。それが今回、ビリケンを追って、パラレルワールドを転位している間は、不思議に何の違和感も覚えず、身体の状態が頗《すこぶ》る良好であったと、博士らしく感情を表に出さず、整然と話してくれた。

この問いかけは、そんな博士の、濾過されずに残った感情の痼《しこ》りなのかもしれない。

僕の拙い理解では、オカモトタローの芸術観は、彼の生き様そのものかもしれないが、「必然と偶然」「ロゴス（悟性）とパトス（感性）」「客観・主観」など、二極対立するものが、引き裂かれ対極したまま同時に存在する。対極の緊張が頂点に達した瞬間、無限のエネルギーが宇宙に向かって爆発し、タロー独特の「ベラボー」なものを産み出す。このような止揚を前提にしない対極主義は、弁証法信奉者の哲学君なら、到底認め難いところだろう。

いずれにしろ、限りない『人類の進歩と調和』を謳った、あの『大阪万博』の祝祭に反旗を翻し、お祭り広場の大屋根をぶち破って、大空に聳え立つ『太陽の塔』の「ベラボー」さは、理窟抜きで、一瞬一瞬の命の輝きを大切にしたアバンギャルド、オカモトタローの真骨頂に違いなかった。

「よくはわからないけど……」

前置きして僕は、ＴＡＲＯ君の捜索依頼を受けた後、ジュニアの辛口コメントを聞き、改めて『太陽の塔』の実物を目の当たりにして、考えてきたことを口にした。

「塔の頭の『黄金の顔』って、金色に輝く未来を表すって言うけど、切断された首から、取ってつけたように、生やした顔に見える。だから、『黒い太陽』『太陽の顔』『黄金の顔』の順に、過去・現在・未来と、単純に進むんじゃなくて、輝く未来を切り拓くためには、第四の『地底の太陽』が、なにか決定的な役目を果たしてるんじゃないかって、なんだか、そんな気がして……」

それは、「みんぱく」館長が言っていた「仮面の呪術」と相通じるのではないか。われわれは『太陽の塔』を仰ぎ見、その胎内にある『地底の太陽』に抱かれることにより、自己を超越した何者かと同化し、宇宙の創造と生命の起源を追体験するのではないか。

「さすが、麻呂さん！」

博士に代わって、ダビンチ君が、勢いよく頷いた。

漠然とした僕の感想を引き取って、博士が言うには、お祭り広場の人波を見下ろす、不気味な『黒い太陽』と、われ関せずと背を向けて、ブスッと不機嫌な表情をした『太陽の顔』。そして、ギロチンにかけられたように切断された首根っこから、輝く未来の『黄金の顔』が生まれるためには、マグマ渦巻く混沌とした地下世界を統べ、森羅万象、あらゆる生命の再生を司る、『地底の太陽』による通過儀礼が必要不可欠で、そのことによってのみ、すべての生命は浄化され、無限の過去・現在・未来が循環する。

それは、かつて一命を取り留めるため、首から下は全部、他人の脳死体に頼らざるを得ず、自身を「ヤドカリ」と自嘲した博士の、痛ましい過去と二重写しになっていたに違いない。

どこをどう歩いてきたのか、方向違いの松林から、運河沿いに姿を現したサイコと馨子。

何やら談笑しながら、僕たちが座る石段に戻ってきた。

「ねぇ、綾ちゃん」

隣に腰かけたサイコが、含み笑いを浮かべながら、僕に話しかけてきた。

「馨ちゃん、久しぶりに、『送り火』見たいって言うから、エスコート、頼んだわよ。わたしは、遠慮するからね」

どういう意味かと、首を捻る僕の背中をポンと一つ叩き、

「気合い入れて……ネ」

意味深にウインクするサイコ。

「よろしく、おにいさん」

それを横目にクスクス笑って、同調する馨子だった。

サイコが馨子を連れ出し、どんな話をしたのか、想像に難くないが、はっきりしたことは、今年の「五山送り火」は、いつもと違い、馨子と過ごすということだ。

「♪ソラ　ヨイト　ヨイヤマッカ　ドッコイサーノセ」

煌々とした櫓の灯と、いつ果てるとも知れぬ音頭の間の手が、どこか遠国の夜景のように、次第に僕の視界から遠のいていった。

傍らに寄り添うサイコをはじめ、気の置けぬ仲間に囲まれた僕には、もう浜寺は現世の果てでも何でもなく、僕らが身を置くこの世界が、たとえ無限の宇宙の、たかが星屑の一つだとしても、揺るぎない実在として、僕たちは今、ここにいる。

épilogue《エピログ》　死は祭りだ（by 岡本太郎）

（前略）……筋萎縮性側索硬化症（ＡＬＳ）に全身を蝕まれ、病院のベッドに横臥しながら、ずっと考えていました。「人が生きて在ることの証しって、何だろう」と。

皮肉にも、痛みという最後の人間らしささえ失った後は、博士君にいただいた最新鋭のＡＩ装置が生きる縁《よすが》。そして、メタバースのアバターだけが、私が私であることの拠り所になりました。

昨今のＶＲ技術は急速な進歩で、今や、煩わしい俗世に代わる新たな現実と言っても過言ではありません。開かれた仮想空間では、人種・国籍・性別・年齢はもちろん、身分・身上・身体その他、現実世界のすべての束縛を取っ払った自由気儘さがあり、仮想空間でしか生きる術がない、私のような者のほか、世間に居場所をなくした者には、そこが唯一無二の安住の場所で、仮想空間に入り浸る心情は、痛いほどわかります。……と言っても、情けないことに、私の身体の痛みの感覚は、残念ながら、もう過去の記憶の中にしか存在しません（笑）。

事ほど左様に、現実世界に身の置き所のない者にとって、仮想空間は、生活に必需な環境なのですが、亡き父、タローが想いを籠めた『地底の太陽』のように、神聖な創造主、あるいは、その分身が統べる、無私無偏の世界ではなく、メタバースの現状は、善いも悪いも、あくまで、その空間をプロデュースした者の手に委ねられています。

それを承知で、人為の仮想空間に生きるもよし。現実に戻るもよし。……考えた挙げ句、私が出した結論は、終わりのない仮想空間を脱し、すべての現実を受け容れることでした。人生は無限であってはならないし、人が生きた証しは、記録ではなく記憶、死してなお、誰かの記憶の中に生き続けることだと、私は信じます。

そうはいえ、いざとなると、往生際が悪いのが、人間の性《さが》でしょうか（笑）。いじましいと思いながら、人生の最期に、亡き母がただ一心に愛した父、タローの『地底の太陽』を一目見たいと、無理なわがままを申し上げた次第です。

先日、博士君やお仲間から、『地底の太陽』は、ユカタン半島の「チチェン・イッツア」の「聖なる泉」の底に眠ると聞かされたとき、私個人の矮小な望みなど、綺麗さっぱり洗い流してくれました。父、タローが、最後に到達した壮大な宇宙と、無限に繰り返される生命の営みに、唯々心打たれました。

私は、ＡＬＳに罹患してから、メタバースの世界へのめり込むとともに、これまで忙しさにかまけ、見向きもしなかった文学に勤しむようになりました。中でも、「風の靴を履いた男」と言われた、叛逆の天才詩人、アルチュール・ランボーに心惹かれました。彼の初期の作品に、「海と溶け合う太陽」を詠んだ、『永遠』という詩があって、その詩の冒頭と末尾で、「見つかった／何が？／永遠が／海と溶け合う太陽が」と、繰り返し詠っています。すべての生命の起源である海と、その再生を司る太陽の融合は、正に「チチェン・イッツア」の「聖なる泉」に沈む『地底の太陽』そのものではないでしょうか。

ＡＬＳを発症するまでの私は、そこに助かる命があれば、闇雲にその命を救うことだけを考えてきました。けれども、私のように身体感覚をなくしてまで生き長らえることが、果たして必要なのでしょうか。「命の尊厳」に向き合う、医を生業としてきた私なのに……。答えは、今も闇の中です。

それから、内緒にして、申しわけありませんでしたが、私が託した分身の土偶人形は、実は、私の中枢神経と直結していて、人形に組み込んだライブ配信用のマイクロチップと相俟って、実体験さながらの臨場感で、若い貴方方と、父の『地底の太陽』の在処を追う冒険の旅が堪能できました。また、同じ型のマイクロチップを、特殊セロファン加工し、土偶人形のベルトに数枚、貼り付けておき、誰かがそれに触れたら、その手にくっつき、衣服に触れたら、また、そこにくっつくよう工夫を施しておりました。運良くお仲間の方の服に付着しましたので、ビリケン探索ツアーの方もバッチリ、リアルタイムの映像で楽しませてもらいました。捜索開始まで一週間の猶予をいただいたのは、このような小細工を弄するためでした（笑）。

何をまどろこしいことをして……とお思いでしょうが、死に臨んでなお、子供染みた悪戯を楽しむ自分がいたことが、何だか新鮮な発見でした。それもこれもすべて、今、この一瞬一瞬を、誰のものでもない「自分たちの時代」として生きる貴方方と、ともに行動できた賜物に違いありません。

博士君から、ＡＬＳに侵されない別の現実世界があると、そこで、別の人生を生き直すことができると、ありがたいお話をいただきましたが、私がもう二十年若ければ、博士君の言葉に甘えたかもしれません。私はもう十分生きました。それに、今回、貴方方とともに、仮想空間ではない、本物のパラレルワールドを旅することができ、これで、閻魔様への土産話もできました（笑）。

くどくど繰り言を並べ立て、申しわけありません。

人生の最期に、若い貴方方と、胸躍る楽しい一時を過ごせました。「ありがとう」。

もう、何一つ思い残すことはなく、今はもう、森羅万象、すべてのものへの感謝の気持ちしかありません。

死は、祝祭です。大いなる宇宙の塵となって、無限に命を紡ぐ連鎖の中に還るための儀式です。「聖なる泉」の『地底の太陽』に抱かれながら、私は、次なる命へと紡がれていきます。

追伸

別便でお送りした人形は、カラクリの「西瓜喰い」という神戸人形です。父、タローを母に見合わせた資産家の方が、「貰い物で悪いが」と断って、店の玄関飾りに置いていったものです。

その方とは、母が料理店を畳んでから音信はありません。何でも、隠居したあとは道楽で美術商を営んだと聞いております。

私がいなくなれば、身寄り頼りはないので、遺品代わりと言うと、無礼が過ぎますが、どうかもらってやってください。もちろん、『地底の太陽』探索の依頼料は、別途振り込みましたので、ご安心あれ（笑）。

最後に、蛇足ですが、博士君。貴方の人生は、誰一人犠牲にしていないし、これからも犠牲にすることはありません。

他人の身体をまるごと譲り受けざるを得なかった貴方は、その身体が貴方のものとして同化することはなく、逆に、今貴方を苦しめている拒絶反応が、これからますます酷くなっていくはずです。長く持って、あと二、三年……また、次の身体が必要になるでしょう。退院のとき、お話ししたように、現在の最先端医療を以てしても、まるごとの移植を繰り返すしか方法はありません。ただ、私がこんな身体になってしまったので、次の手術のことは、代わりに執刀できる方に、すでに私の方からお願いして、内諾をもらっております。その点は、ご心配なく。

他人の身体を得て、生き続けなければならない貴方の苦しみは、察して余りありますが、できれば、こう考えてくださいませんか。不幸にして亡くなられた方の命が、貴方の血となり肉と化して、貴方とともに再生し、次なる命を紡いでいくと。

貴方には神の加護があり、助かるべく助かった命です。だから、命ある限り、生き続けてください。

二〇二二年八月

御手洗　潔

※

乱れ立つ高層ビルのイルミネーションの彼方、うっかりすると見落としそうな拳大の花火が、南の夜空に打ち上がっていた。

「ありゃ、富田林《とんだばやし》の方やな」

夜目の利くおかんが呟き、

「せやな、ＰＬの塔のへんやろ」

ビリケンおやじが、間合い良く返した。

ここ通天閣の展望台からだと、大川（旧淀川）に打ち上がる天神祭や新淀川の花火の絶好の観覧場所だが、コロナ禍のため、ここ二、三年、中止になったままだ。

おかんらが言う花火は、ＰＬ教団の「ＰＬ花火芸術」のことだ。教祖の「わが死を祝い、花火を上げてくれ」という遺志と、「人生は芸術」の教えに沿った教祖祭の祭事だ。大阪の夏の風物詩と言われ、今でこそ、当たり前のように全国各地で花火大会が催されているが、ＰＬ花火はその先駆として、かつて東洋一の規模を誇ったという。他の花火大会同様、今年も中止と思っていたが、近頃は、大勢の人が集まらないよう抜き打ちイベントを行う場合もあるようだから、おそらく臨時の花火大会が開かれたのだろう。……だとすれば、天は期せずして、御手洗教授の死を祝ってくれたことになる。

ちなみに、大阪富田林の教団本部に聳えるＰＬの塔、正式名称・大平和祈念塔は、一九七〇年の『大阪万博』開催中に完成したもので、『太陽の塔』と同い年。高度一八〇メートルで、大阪府の咲洲《さきしま》庁舎が入居するＷＴＣ（ワールド・トレード・センター）が建設されるまでは、通天閣を凌ぐ府下随一の高さを誇っていた。黎明期の画像の粗いロールプレイングゲームに登場する「ラスボス」の居城の雰囲気が漂う塔で、ここんところ『太陽の塔』づいてるせいか、何だかオカモトタロー的造形物のように思われた。

「むかぁ～し、いっぺん、おぎんちゃんと、ＰＬの花火、見に行ったなぁ」

「せやせや、女学生んとっきゃ、大昔の話や」

展望窓の手摺りに寄りかかりながら、おかんが、柄にもなく照れ笑いを浮かべた。

「あんた、バリバリのスケバン張っとって、わしゃ、全学連抜けて、ロックンローラー、目指した頃やったな」

古い馴染みと聞いてはいたが、二人がちょっとイイ関係だったのは初耳だ。変われば変わるものだが、それにしても、寄り添って花火を見上げる二人の風体を想像すると、何だかお腹が捩れそうだ。花火見物の人混みでごった返すＰＬ光丘の打上場。……なのに、おかんとおやじの周りは、おそらく遠巻きで、誰も近付かなかっただろうから、ゆっくり花火デートが楽しめたに違いない。

初対面は近寄り難い雰囲気はあるものの、天賦の才だろう、おかんとおやじの会話は、夫婦漫才さながらで、傍で聞いていて飽きがこない。このまま『暇人』を続けたら、サイコのことだ、おかんに次いで、今度はビリケンおやじをメンバーに引き入れたかもしれない。

「そりゃそうと、ぎんちゃん、前も、どっかで言うたかもしれへんのやが」

展望窓から向き直ったおやじが、思い出したように話を変えた。

「うちの二階の若い衆、やっぱりなんや、昔から、顔馴染みやった気ぃして、しゃあないねん。あんた、なんか、隠してへんか？」

「あんさんこそ、隠してへんか？」

逆に切り返して、おかん。

「ああ、せや、思い出した」

そう言いながら、おやじは、洗い晒しのズボンのポケットから、皺くちゃになった茶封筒を取り出し、おかんに渡した。

「忘れんうちに」

「……って、忘れとるがな。なんやねん、今月のお手当か？」

と、おかんの厳しいツッコミ。

「ちゃうがな、おやじの代の、馴染みの骨董屋の使いや言うてな、なんや知らんけど、首飾りの代金、二階の若い衆に、返しといてって、置いていきよってん。あとで、これ、あんたから、渡しといてえな」

「そらええけどな」

受け取った封筒を、無造作にヒョウ柄帯の間に挟んで、おかん。

「せやないねん、タローちゃんの『ビリケーン』、どこに隠してんねや?」

「あんた、息子と、おんなじこと、聞きよんなぁ。息子にも言うたけど、そんなもん、知らんがな。だいたい、オカモトタローが、そんなけったいなもん、こしらえとるって、聞いたことあらへんがな」

「せやから、あんさんは、昔っから、夢がないっちゅうねん」

訳がわからぬ風情で首を捻るビリケンおやじ。それを尻目に、「ヒョウ柄おぎん」は、辺り憚らず、呵々大笑した。

おかんらの掛け合い漫才が一段落した、ちょうど、そんな頃合いだった。全長六十メートル、斜度約三十度の「タワースライダー」を堪能した僕たちは、元の五階「黄金の展望台」へと戻った。

「あら、ま、なんか、ええ雰囲気やん!」

思わず口にするサイコに、

「知らん顔、しとこ」

ボソッとハルク。母の幸せを願う想いは同じだ。ハルクは、掛け値なくいい奴だ。

一番後ろにいた博士は、相変わらず思案顔だった。一昨日、御手洗教授が入院していた病院から名指しの呼び出しがあり、教授の最期の手紙を受け取った後、担当医に、教授が自らの意思で生命維持装置を外した旨聞かされた博士。元来、精神頑健を絵に描いたような人間なのだが、自分の身体の変調とダブってしまうのだろう、教授の自死がよほど堪えたものと見え、博士の登録商標とも言える「チゴイネル」が流れない、静かな研究室に籠もったまま、物思いに耽る日が続いていた。

仲間を前に、包み隠すことなく、現在の自覚症状とこの先の避け難い再手術を、他人事のように沈着冷静に語ってくれた博士。だから今日は、事件の決着と馨子の送別に託《かこつ》け、少しでも気分が晴れたらと、研究室に引き籠もる博士を引っ張り出して、みんなで「タワースライダー」を滑ったのだった。

「博士さん、大丈夫かしら？」

近くにいた馨子が、僕とサイコの顔を見ながら案じた。

「大丈夫。それに、馨ちゃんが、心配することじゃない」

そう言って、サイコは、姉貴分らしく、馨子の肩に優しく手を置いた。

教授の母が真実を伏せ、女手一つでタローの子を育てようと決意した理由のすべてではないにしろ、セーヌ川の「ポン・デザール」で撮られた、タローと清花御前の写真を偶然目にし、それが引き金となって、タローとの結婚を諦め、巡り巡って、教授を死に至らしめ、博士を苦しめる結果を招いたのであれば、御前の身内として、また、人一倍心根の優しい馨子としては、とても他人事には思えなかったのだろう。無論、タローと教授の母が結ばれなかったことと、教授の死は何一つ関連はない。サイコの言うとおり、馨子が気に懸ける話ではなかった。

それにしても、面識のない公爵令嬢と愛する人の将来を慮って、人知れぬ苦労を背負った教授の母。片や、決められた縁談とはいえ、未練なくスパッと新たな人生を歩き出した清花御前。全くタイプの異なる二人の生き方と、それでも、同じ人を愛した者同士にしかわからない共通の想いを推し量れば、僕は黙って、頭《こうべ》を垂れるしかない。傍目から見れば、世間が羨む華麗な生活もあり、世に出ることなく、当たり前の毎日を当たり前に繰り返す暮らしもある。生き方は人それぞれ、千差万別と言うしかないが、与えられた人生を懸命に生きた人の存在はズシリと重く、その人を知る者の胸底に、生涯消えることのない記憶を刻み込むに違いない。

心優しい『暇人』の面々と過ごした夏の帰省を終え、馨子は今夜、変わりゆく新世界のフンドマーク、眼下に望む星野リゾートに宿泊し、明日の朝、帰路に就く。

昨夜は、サイコが気を利かせ、僕と馨子は二人で、天宗ビルの直営ショップの奥、鴨川縁に迫り出した専用の川床から、逝く夏の夜空を彩る「京都・五山の送り火」を観た。

「言うことを聞いてくれるうちは恋人、聞いてくれなくなって、初めて奥さんって、呼べるんだって。わたしの好きな、糸井重里《いといしげさと》さんの『ほぼ日手帳』に、書いてあった」

手にした団扇を弄びながら、俯き加減に馨子が言った。

「綾にいさんは、わたしの言うことなら、なんだって聞いてくれた。これからも、ずっと、そんな気がする。わたしが、おにいさんと離れている間、冴ねえさんと、長い時間かけて、揺るぎない信頼を育んできた。いまさら、わたしが、しゃしゃり出ても、手遅れだって、最初からわかってたことなんだ。だから……」

と、言葉を止めた馨子。一つ息を吐き、今度は、毅然とした面持ちで、

「わたし、おにいさんのこと、諦めた」

そう言って、東山・如意ケ嶽《にょいがたけ》に点る大文字の火を見上げた。

返す言葉を探しあぐねる僕の脳裡に、傍らの涼しげな馨子の浴衣姿と、「ポン・デザール」の、若き日の清花御前が重なった。

「この前、浜寺公園の橋で涼んでるとき、冴ねえさんが言ってくれた。『難しいこと考え

ず、自分に正直になればいい』って。『正々堂々、勝負しょう！』って。でも、失った時間を取り戻すには、少し遅すぎたわ」

氷の溶けたレモンサワーを飲み干し、馨子は、何か吹っ切れたように笑った。

「大学卒業したら、また、パリに行く。今度は、いつ戻るか、わかんないけど」

「行くときは、教えて」

ようやく口を開いた僕。

「『暇人』のみんなと、盛大な壮行会するから」

「わかった。約束ね」

馨子が、僕の目の前に小指を突き出した。

子供染みた指切りの感触が、今も僕の指先に残っていた。

※

『暇人』が請け負った依頼は、どちらも果たしたような、果たせなかったような、中途半端な結果に終わった。いつものように必要経費だけ受け取り、残りは返還しようとしたが、清花御前は固辞し、御手洗教授の方は、返す相手がいなくなったので、二つ合わせて、赤十字に寄付した。『暇人』は一個の営利企業として、結局、最後まで収益を上げることができなかった。だが、その分、僕たちは、数々の常識を超えた体験ができたのだから、収支余りあるとすべきだろう。

確たる証拠はないが、御手洗教授の母が目にした「ポン・デザール」の写真を所持していた資産家の正体は、僕らが、この世界や別のパラレルワールドで出会った『如月堂』の主人に違いなかろう。

それと、これは、Ｔｅａｍビリーの帰還後に判明したことだが、今僕らが暮らす世界では、「摩耶観光ホテル」初代のオーナーは、サイコらが転位する直前、大阪大空襲の数日後に神戸市内を襲った空襲のため落命したことになっていた。

ここから先は、もう想像の域を出ない話だが、教授から送られてきた「西瓜喰い」の神戸人形は、元は、「摩耶観光ホテル」のオーナーが、空襲に遭わなかった世界で、『如月堂』の主人に贈ったものではないか。想像の翼をどんどん広げると、博士のＶＲ『大阪万博』から『地底の太陽』の３Ｄが姿を消したのも、「終の棲家」の伝言メモも、往事の「ルナパーク」に、幻のオカモトタロー の「ビリケーン」が鎮座したのも、すべてが繋がっていて、何もかもが『如月堂』の仕業《しぎょう》に思えてきた。

おかんらを五階の展望台に残して、僕たちは、屋上階の高さ九十四メートルにある屋外展望台、通称「展望パラダイス」に上った。ハルクが好きな「探偵！　ナイトスクープ」

で人気の定番、「通天閣の上で叫ぶ」のロケ場所だ。

出口が見えないコロナ禍を吹き飛ばせと、通天閣は、非常事態の赤信号が点る中、入場制限をした上だが、夏休み限定「光のデコレーション」として、夜間に、各階色とりどりのＬＥＤのイルミネーションが施され、ここ「展望パラダイス」も、時々刻々と模様を変える、七色のグラデーションに彩られていた。

展望台の外周を囲う回廊は、周囲を人の胸辺りまでの高さのアクリル板と手摺りに覆われていたが、手摺りの上は、安全のため、金属の柵にワイヤーが張られただけで、結構剝き出しの臨場感に溢れ、高所恐怖症の哲学君ならずとも、何だか足元がムズムズと落ち着かなかった。


「哲学、君ノ顔ト、ＰＬ花火ガ、シンクロシテルゾ」

貸し出しの双眼鏡の向こうと、展望パラダイスの内側の壁にへばりついたまま微動だにしない哲学君を交互に見比べながら、博士が笑った。

博士の笑顔は何日ぶりだろう。釣られて振り返る僕の目に、硬直した哲学君の顔が、まるで打ち上げ花火の色に呼応するように、展望台の照明を浴びながら、赤から黄色、緑、青へと変化するのが映った。

「『暇人』、通天閣で叫ぶの巻、やろう」

唐突にハルクが言った。仲間思いの彼のことだ。ここで一気に博士の気分を晴らそうと考えたに違いない。

「大丈夫です。入れ替え時間まで、一人一分は、しゃべれます」

「このまま、動かんでいいなら」

スマートウォッチで確かめるダビンチ君と、固まったまま答える哲学君。

「ンじゃ、わたしが指名する。最初の恥じさらしは……」

「わかっとるがな、景気づけは、おれの役目や」

サイコの言葉を遮って、すぐに商人君が、手摺りから身を乗り出した。

双眼鏡の向こうは大団円の粋な演出。『2025大阪・関西万博』のロゴマーク。数珠繋ぎの紅い細胞と青目玉の「ミャクミャク」の顔を象った特製花火が、南の夜空を染めた。

恣意極まるサイコの指名に従って、株式会社『イマジンクラブ』（これが正式名称）の経営健全化を叫ぶ商人君を筆頭に、丑の日の鰻を喰い損ねたハルクの未練や、『大大阪時代』の旧型チン電に乗り損ねた哲学君の愚痴が続いて、オカモトタローを超えたいというダビンチ君に、実はもう一つ発明品があると告白する博士。そして、和尚さんは、頭陀袋から取り出した神戸人形を翳して、いつもの「南無阿弥陀（ナンマイダ）」。

「ん？　ちょっと待て！　アンタ、何で、『西瓜喰い』持っとんねん。教授に貰《もろ》たんは、事務所に置いとる。出がけに見たで。それ、いつ誰から貰たんや!?」

残るは二人、次は僕と、覚悟を決めたが、何を思ったか、サイコ。今度は馨子に無茶振りした。

すると、意外なことに、待ってましたとばかり、上半身を空中に突き出した馨子が、

「綾に〜のクソッタレ〜!!」

と、深窓の令嬢とはとても思えない口汚い言葉を叫んだから、さあ大変。僕以外の全員が、ヤンヤヤンヤの拍手喝采だ。いつの間に現れたのか、「福ダルマ」を早退けしたおもてなし君までが、「展望パラダイス」の外を飛び回りながら、仲間の盛り上がりに一役買っていた。

思わぬ伏兵に足をすくわれた形になったが、その分時間が押され、タイムオーバーで難を逃れた僕は、とりあえず胸を撫で下ろした。

「助カッタナ、麻呂」

手摺りから手を放し、ニヤリと笑った博士。ズボンのポケットから無造作に、小指の先ほどの薬瓶を取り出したと思うと、素早く蓋を開け、中の液体を展望台の外へ振り撒いた。

呆気にとられる僕らを尻目に、博士は、

「コンナノハ、ナイ方ガイイ」

そう言い残して、一足先に屋内に姿を消した。

博士が散布した薬品は、さっき告白したもう一つの発明品で、「ナビゲーター付きパラ移動装置」とともに開発した「肉体再生の素」だ。iPSを遥かに凌ぐ超多機能性幹細胞で、原細胞の欠片さえあれば、文字どおりそこから元どおりの個体を再生できるという代物。博士にしては珍しく、今回アイテムの開発が遅れた本当の理由は、「肉体の素」の方に時間がかかったためで、「ナビパラ」は、二、三日目で完成していたようだ。


臨時のPL花火は終わり、都会のイルミネーションの向こうにある金剛の山脈は、漆黒の闇に沈んでいた。

シースルーの跳び出し台にいる僕は、空中遊泳さながらの軽い眩暈を覚えていた。傍らのサイコは、普段と変わらぬ様子で、強化ガラスの床から興味深げに、眼下の街並みを見下ろしていた。

博士らに続いて、「展望パラダイス」から室内に戻りかけたとき、予約してあるからと、サイコに腕を取られるまま、二人は、パラダイス下の「跳び出し展望台」へと身を移したのだった。

「ンじゃ、わたしから、いくね」

なるほど。サイコは、残る二人の恥じさらしは、ここと決めていたのだ。

「綾ぁ～！　わたしらも、結婚しょ～う!!」

耳をつんざくばかりの絶叫だった。思わず仰け反った僕の目に、入口フェンスに取り付けられた音量計が、１２０デシベルを超えたのが垣間見えた。いつだか博士から聞いたことがある。１２０は飛行機のエンジンと同じ。車のクラクションの音よりデカいと。

その後、サイコに促された僕の叫びは、言わずもがなのことだ。結局、宗一朗おじさんと僕の母の結婚に便乗して、僕たちも式を挙げることにした。

「……って、まさか、綾ちゃんの絶叫、このままスルーするん？　そら、あかんやろ！」

「いや、紙幅の関係で……」

「じゃないやん！　こんだけ引っ張っといて……。んもう、綾のバカ!!」

※

振り返れば、今回の『地底の太陽』とビリケンさんの顚末は、いずれも『如月堂』の主人に導かれる結果となったが、彼の人がどこの何者かは、結局、最後までわからず終いだった。いくつものパラレルワールドや、今、僕たちが暮らす世界にも存在した『如月堂』を、僕たちは一体どう説明すればいいのか。どのパラレルワールドにも彼の人がいて、複雑に交差する多元多重の世界を繋ぐターミナルの役目を担っているとでも言うのだろうか。それとも、この世とあの世を往き来した小野篁に似て、無数のパラレルワールドを自在に駆け巡る、「時空のナビゲーター」のような存在なのか。……ジュニアじゃないが、「認知不能、全知全能の神の仕業」としか言いようがなかった。

「ソレハソレトシテ……」博士は言った。「夢トイウヤツハ、無数ノパラワールドノ選択肢カラ、ソレヲ選択シナカッタ自分ノ、引キ裂カレタ影ノヨウナモノダ」と。『地底の太陽』もビリケンもなかった世界、代わりに、幻の「ビリケーン」が存在する世界。清花御前が、御手洗教授の母が、タローと結ばれた世界。そして、「アノ日、自分ガ、交通事故ニ遭ワナカッタ世界」が、影絵のように夜ごと、その人の夢に現れるのだと。だが、それがため、目の前の現実が相対化され、無数の選択肢がただ横一線に並ぶのだとしたら、今、この瞬間を生きる自分自身は一体何者なのだろう。だから僕は、人は一瞬の想いの中に絶対的真実を宿し、次の瞬間には、また別の、絶対的真実を宿すのだと思いたい。

博士の脱退と僕とサイコの結婚を機に、『暇人クラブ』は活動を休止。僕たちはそれぞれ、別の道を歩むことにした。博士は、この世界に生きて在る限り続く「ヤドカリ」の身に別れを告げ、自分自身と譲り受けた肉体の主が、ともに生きるパラレルワールドに棲むことを決意した。

生死の境を彷徨った末、御手洗教授の「神の手」によって、脳死体の肉体の元に甦った博士。これまで、命の恩人の教授や『暇人』の仲間、そして、自分を支えてくれたすべての人の想いを背負って、生きてきたに違いない。

教授が残した「貴方の人生は、誰一人犠牲にしていない」という言葉の真意は、博士の心の奥底に沁みたはずだが、それでも博士は、自分の肉体を元の主に返し、自分もまた別の人生を生きることを選んだ。博士にとっては、パラレルワールドが、生命を浄化させ、輝く未来に生まれ変わるための『地底の太陽』……なのかもしれなかった。

博士の旅立ちが、僕たちの記憶の中から、かけがえのない友の存在を消し去る結果になるとしても、『暇人クラブ』の仲間は、皆、諸手を挙げて、博士を祝福した。そう思えるようになれたのは、『如月堂』の主人が手の込んだ方法で、探し物の在処を教えてくれたお蔭かもしれない。

別れ際、サイコが、ハルクから取り上げた三つ巴の勾玉を博士の首にかけながら、

「時空の旅人のお守りよ。これがあれば、きっとまた、どこかで、会えるから」

そう言って、悪戯っぽく笑った。

雑踏に紛れた博士が、手にしたベルを三度鳴らした。僕たちの記憶とともに、その人の姿は忽然と消え、「未生の過去」へと旅立った。

bonus《ボヌス》『暇人クラブ』結成前夜 Part 2

春まだ浅き京都の、桃の節句の流し雛は、平安時代から続く伝統行事。身の穢れを和紙の雛人形に託し、水に流して清める祭事だ。有名な「下鴨の流し雛」は、お内裏様とお雛様の装束に身を包んだ新婚夫婦が、「桟俵《さんだわら》」に乗せた夫婦雛を、境内を流れる御手洗川《みたらしがわ》に流して、子供の無病息災を祈る。

流し雛の舞台、御手洗川は、みたらし団子の由来となった御手洗池に発し、奈良の小川、瀬見の小川と名を変えながら、糺の森を抜けて、高野川へと流れ込む。一部は細流となって、門前町の古雅な商家・料亭の庭池を潤す。

下鴨神社から糺の森を抜け、賀茂川と高野川が合流する鴨川デルタ（三角公園）の辺りは、八坂・円山、南禅寺の水路閣と並んで、大学時代の僕らの溜り場の一つだった。年始の「蹴鞠」に始まり、春の「流し雛」に「流鏑馬」「葵祭」と続いて、夏は、御手洗池に裸足を浸けて祓う土用の「御手洗祭」や「夏越神事」など、僕らは、下鴨の祭事とともに時を過ごし、友情を育んだ。

母校・京都R大の卒業式は、他校に先駆け、例年三月三日（桃の節句）の午前に行われる。卒業式を済ませたその足で、僕とサイコの二人は、下鴨の流し雛を見物し、御手洗池に水神籤を浮かべた後、分不相応ながら、糺の森近くの「御手洗茶寮」の奥座敷で、仲間の到着を待った。

「御手洗茶寮」は、百年続く京懐石の老舗で、学生身分の僕たちが気安く暖簾を潜れる店ではないが、この店の主が一風変わった経歴の持ち主で、かつて「神の手」と呼ばれた天才外科医だったが、母親の先代女将が亡くなった後、身を転じ、店を継いだ。店の常連だった天野家の宗一朗おじさんと年が近く、小さい頃から気心の知れた間柄だった。そんな縁故があり、ちょっと改まった折の仲間の会合場所として、格安に利用させてもらっていた。

※

サイコの提案で、僕たちは、彼女が出資する『イマジンクラブ』という、人材派遣から各種リサーチ、探偵調査、代理交渉に紛争処理etc.……万相談の何でも屋を起業することになった。設立メンバーは、ハルクこと金剛源一郎、商人君こと堺屋商太、哲学君こと梅原龍太郎に、オーナー社長のサイコこと天野冴子と雑用係の僕、綾小路公友の五名だった。

都会には珍しく星の綺麗な夜だった。南の夜空に春の大三角が輝いていた。

「御手洗茶寮」で、贅沢な食膳と団結式を済ませた後、鴨川デルタで夢を語り、それでも話し足りずに、日没後、夜を徹して飲み明かさんと、出町柳から鴨川の遊歩道を闊歩。怪気炎を上げながら、三条、祇園四条と都大路を南下した。どこか当てがあるわけではなかったが、自然と松原通に入って、ライトアップされた清水の舞台を遠望し、東大路通の方へ向かった。

名だたる観光地とは思えないほど、街灯の疎らな道を進むと、西福寺の地蔵尊の手前にあった竹林の奥から、薄ぼんやりした灯が見えたので、近付くと、竹林の小径の先に、幽寂閑雅の趣ある草庵がひっそりと佇み、門灯の明かりの下に、隷書というのだろうか、波打つ運筆の横長書体で『如月堂』と書かれた扁額がかかっていた。

『こんな所に、庵なんて、あったかな』

思わず立ち止まった僕ら。物珍しさに駆られ、竹林の小径に足を踏み入れて、そっと草庵の様子を窺った。ちょうどそのときだ。

白衣姿、縁なし眼鏡をかけた外国人の男が、背を丸めながら、小さな庵戸を潜って出てきた。慌てて身を翻し、通りに戻って、素知らぬ顔で歩き出した僕らのすぐ脇を、同世代と思しきその男が、大股でスタスタと追い越していった。抜かれざま、ネックレスにした二つ巴の勾玉がキラリと光って、首にかけたヘッドホンから、サラサーテの楽曲が微かに漏れ聞こえた。

早足に急ぐ白衣の後ろ姿を見送りながら、僕らが、西福寺を過ぎ、「六道珍皇寺」に向かう辻に差しかかったとき、今度は、角脇から網代笠に墨染衣を身に纏った小太りな行脚僧が現れ、危うくぶつかりかけた。袖擦り合う挨拶代わりか、僧侶は、頭《こうべ》を下げて、手にした錫杖を鳴らしたので、僕らも軽く会釈を返し、そのまま行脚僧の少し後ろを歩く形になった。

そんなときだった。東大路の夜空に、突然、トランペットの音が鳴り響いた。その音色は、ニニ・ロッソ……じゃなく、昔懐かしい「♪ソラシーラソー ソラシラソラー」の屋台ラーメンのメロディーだった。

「あれ、『超絶ラーメン』違《ちゃ》うか!?」

「チャルメラ違《ちご》て、トランペットやし……」

「下鴨の水神籤、『運命の出会い』……大当たりの大吉やん！」

「行こ、行こ。早《はよ》行こ!!」

最後は声を揃え、僕らは、東大路へ向かって駆け出した。

すると、「超絶……」の噂話を知っていたのか、先を行く白衣の青年が、急に走り出し、後ろにいた行脚僧も、負けじと白衣の背中を追った。

白衣と墨染衣、その後を追う僕たち……〆て七名の変わり者が、運命の出会いを求め、先を競って、洛東の夜の街を突っ走った。

完

参考文献

『大大阪の時代を歩く　大正〜戦前の大阪はこんなにすごかった!』橋爪紳也　洋泉社
『大正昭和レトロチラシ　商業デザインにみる大大阪』橋爪節也　青幻舎
『入門!　岡本太郎』平野暁臣　興陽館
『岡本太郎の言葉（強く生きる言葉・愛する言葉・壁を破る言葉）』
岡本太郎　イースト・プレス
『自分の中に毒を持て』岡本太郎　青春出版社

著者プロフィール

ながい やん

1958年、大阪府生まれ
1981年、龍谷大学法学部卒業後、検察事務官として勤務し、
2019年3月に定年退官
大阪府藤井寺在住

〈著書〉
『70年代、僕たちの思春期　ある少女の日記に託して』（新風舎、2006年）、『ハイ、こちら、暇人クラブ　徐福のお宝を追え』（文芸社、2009年）、『（てんこ盛り）暇人クラブ Part2 ～上方落語を救え！之巻～』（文芸社、2021年）

楽曲、「海底人8823（ハヤブサ）」について、権利者に確認がとれませんでした。お心当たりの方は小社編集部までご連絡いただければ幸いです。

（百花繚乱）暇人クラブ ふぁいなる
～ 地底の太陽とビリケンさん之巻 ～

2024年3月15日　初版第1刷発行

著　者　ながい やん
発行者　瓜谷 綱延
発行所　株式会社文芸社
〒160-0022　東京都新宿区新宿1－10－1
電話　03-5369-3060（代表）
03-5369-2299（販売）

印刷所　株式会社フクイン

ISBN978-4-286-25126-4　JASRAC 出 2309314－301